Gina Mayer

Ballet School

DER TANZ DEINES LEBENS

DRAGONFLY

2. Auflage 2022
Originalausgabe

Text: Gina Mayer
Covergestaltung: Carolin Liepins, München
Gesetzt aus der ITC Galliard Pro
von Fotosatz Amann, Memmingen
Druck und Bindung: GGP Media GmbH, Pößneck
Printed in Germany · ISBN 978-3-7488-0187-0

www.dragonfly-verlag.de
Facebook: facebook.de/dragonflyverlag
Instagram: @dragonflyverlag

Klimaneutral
Druckprodukt
ClimatePartner.com/15109-2009-1001

MIX
Papier
FSC FSC® C014496

Für Blanca, Helene und Katrin

Der große Saal im Royal Opera House war ausverkauft. Der Zuschauerraum lag im Dunkeln, genau wie die Bühne, auf der schemenhaft ein Friedhof zu erkennen war. Grabsteine und Kreuze, die sich ins Halbdunkel reckten.

Ein Licht flammte auf, wanderte flackernd über die Bühne, scheinbar ziellos, bis es am rechten Bühnenrand zur Ruhe kam.

Lara hob die Arme über den Kopf, stellte sich auf die Zehenspitzen und tanzte mit kleinen, schnellen Schritten in das Licht hinein. Sie spürte es auf ihrem Körper, wie eine Berührung, wie eine Umarmung.

Und spürte auch das Publikum, das in der Dunkelheit verborgen war. Da lag eine Spannung in der Luft, ein Zittern und Vibrieren, da waren fünftausendeinhundertzwölf Augen, die sich auf sie richteten. Die ihr zusahen, wie sie ihre Schritte beschleunigte, wie sie den linken Fuß über den Kopf hob und sich auf der Zehenspitze drehte.

Die Musik aus dem Orchestergraben schwoll an und hob Lara hoch. Ihr linker Fuß streckte sich nach hinten, die Arme öffneten sich nach vorn.

Sie schwebte über die Bühne, in einem weißen Kleid aus Federn. Sie war Giselle, die an einem gebrochenen Herzen gestorben und in die Unterwelt gesunken war. Ein Geist, eine Untote, die für ihre Liebe tanzte.

Aber der Tanz, das fühlten alle im Raum, war stärker als der Tod.

1

Mr Bronx redet und redet. Am Anfang der Stunde ging es um Napoleons Niederlage bei Waterloo, jetzt spricht er seltsamerweise über den Ersten Weltkrieg. Keine Ahnung, wie er so schnell dahin gekommen ist. Mein Geschichtsheft hat sich während seines Vortrags mit Schlangenlinien, Kringeln und wilden Schraffuren gefüllt.

Ich kann mich einfach nicht auf den Unterricht konzentrieren. Ich denke an mein eigenes Waterloo.

Normalerweise wette ich nie. Aber ich war mir so sicher, dass ich diese Wette gewinnen würde. Mimi hatte keine Chance, schließlich habe ich jeden Tag auf dem Eis verbracht, seit die Fläche Ende November aufgeschüttet worden war. Und Mimi hat vielleicht dreimal geübt.

Aber diesen blöden Kiesel hatte ich nicht einkalkuliert. Nach der dritten Drehung bin ich voll aufs Eis geknallt. Mimi schaffte fünf Pirouetten. Wette verloren.

Und jetzt muss ich bluten.

»… die Parallele zu den jüngsten Entwicklungen in China ist unübersehbar«, sagt Mr Bronx. Wow! Nun hat er nicht nur einen Sprung in die Gegenwart gemacht, sondern ist auch um die halbe Welt geflogen, ohne dass ich mitbekommen habe, wie er das gemacht hat. Bevor er in der Zukunft landen kann, erlöst uns der Schulgong.

»Seht euch bis zur nächsten Stunde mal die BBC-Doku über die Schlacht bei Waterloo an«, ruft Mr Bronx, während im Klassenzimmer alle ihre Sachen zusammenraffen und nach draußen stürmen. Für heute ist der Unterricht zu Ende.

Mimi schreibt sich den Titel der Doku auf. Ihre blonden Haare sind straff aus der Stirn gekämmt und oben auf dem Kopf zu einem Dutt gebunden.

»Willst du dir das wirklich anschauen?«, frage ich ungläubig.

»Na klar.« Sie klappt ihr Heft zu und lässt es in ihrer Schultasche verschwinden.

Mimi ist die disziplinierteste und fleißigste Person, die ich kenne. Und seit der ersten Klasse meine beste Freundin. Ich hab mich mit ihr angefreundet, ohne zu wissen, dass sie zum Ballett geht. Sonst hätte ich einen weiten Bogen um sie gemacht.

Was echt echt schade gewesen wäre, wir verstehen uns nämlich richtig gut. Außerdem wäre ich ohne sie längst untergegangen. Mimi hat mich unzählige Male in letzter Sekunde gerettet, weil sie mich in der Pause schnell noch ihre Hausaufgaben abschreiben ließ oder mir das Geld für den Schulausflug geliehen hat, das wir vor Wochen hätten abgeben müssen.

»Dann kannst du mir ja morgen erzählen, worum es in der Doku geht«, sage ich, während wir nach draußen auf den Flur laufen. »Sag mal, wollen wir nicht doch lieber in die Stadt? Bei R&C haben sie coole neue Tops, ich würde dir auch eines …«

»Haha«, sagt Mimi, ohne die Mundwinkel zu verziehen. »Netter Versuch.«

An der Garderobe im Flur reicht sie mir einen Beutel.

»Was ist das?«

»Ein Paar Schläppchen. Sportsachen hast du ja wohl selbst mitgebracht.«

Ich nage an meiner Unterlippe. »Ich weiß echt nicht …«

Aber auch dieses Mal unterbricht sie mich. »Deal ist Deal, April.«

Sie sieht mich streng an. Obwohl es gerade Winter ist, tanzen auf ihrer Stupsnase winzige Sommersprossen.

Ich seufze tief. Aus der Nummer komm ich nicht mehr raus, so sieht's wohl aus.

Warum muss Mimi ausgerechnet tanzen? Wieso spielt sie nicht Tennis oder Geige oder geht zum Töpfern?

Sie hat mit dem Ballett angefangen, als sie im Kindergarten war. Zuerst tanzte sie einmal wöchentlich, dann dreimal, und seit dem vierten Schuljahr trainiert sie sogar an vier Tagen in der Woche. In anderthalb Jahren will sie die Aufnahmeprüfung in der Royal Ballet School des Londoner Opernhauses machen. Das ist Englands beste Schule für Balletttänzer. Jedes Mal, wenn Mimi davon spricht, versetzt es mir einen

Stich. Es ist schlimm genug, dass sie mich verlassen will. Und dann ausrechnet für diese Schule!

Aber es ist ja noch eine Weile hin bis zur Prüfung. Hoffentlich ändert sie ihre Meinung noch.

Auf jeden Fall hat Mimis voller Terminplan mich auf die bescheuerte Idee mit der Wette gebracht. Ich wollte nämlich unbedingt mit ihr in den neuen Film mit Ava Reginatto – und der läuft diese Woche nur noch im Nachmittagsprogramm. Also müsste Mimi dafür einmal ihr Training ausfallen lassen.

Mein Wetteinsatz war, dass ich eine Probestunde in der Ballettschule nehme.

Ich war mir einfach total sicher, dass ich gewinne.

Mrs Kaprinski sieht genauso aus, wie man sich eine Ballettlehrerin vorstellt. Sie ist groß und hager, schaut sehr streng und hat ihre pechschwarzen Haare im Nacken zu einem festen Knoten geschlungen.

Ich trete nach Mimi in den kleinen Umkleideraum der Ballettschule, wo ein paar Mädchen gerade ihre Tanzschuhe anziehen. Die Tanzlehrerin steht hoch aufgerichtet in der offenen Tür, die zu dem verspiegelten Tanzsaal führt, und mustert mich.

»Eine Probestunde geht nur nach Anmeldung«, sagt sie zu Mimi. »Und dann bestimmt nicht gleich bei den Fortgeschrittenen.«

Ich jubele innerlich. Da geht er hin, Mimis schöner Plan. Es tut mir fast ein bisschen leid für sie. Seit einer Ewigkeit redet sie auf mich ein, dass ich sie einmal zum Training begleiten soll. Als ob sie nicht genau wüsste, dass der Tanz mein Leben zerstört hat, bevor es richtig begann.

Doch bevor ich den Rückzug antreten kann, bettelt Mimi: »Aber April ist meine beste Freundin!«

Der Augenaufschlag, mit dem sie Mrs Kaprinski bedenkt, würde einen Gletscher zum Schmelzen bringen. Doch die Lehrerin verzieht keine Miene. Jetzt wandert ihr Blick zurück zu mir. Wie sie mich anstarrt!

»April?«, fragt sie.

»Ja.« Ich fühle mich äußerst unbehaglich inmitten der elfenähnlichen Gestalten im Umkleideraum. Genau wie Mimi sind auch die anderen vier Mädchen unglaublich dünn und haben lange, staksige Beine.

Ich bin viel kräftiger gebaut, mit breiten Schultern und muskulösen Armen und Beinen. Die Muskeln verdanke ich dem Turntraining. Ich bin fünf Jahre lang zum Kunstturnen gegangen.

Mrs Kaprinskis Blicke durchbohren mich.

»Also gut, meinetwegen«, sagt sie dann.

Mimi, die gerade auf einem Bein steht, weil sie ihre Schläppchen anzieht, verliert prompt das Gleichgewicht und muss sich an mir festhalten, um nicht umzufallen.

»Echt?«, fragt sie ungläubig. Offensichtlich ist es nicht Mrs Kaprinskis Art, ihre Meinung zu ändern.

Die Ballettlehrerin klatscht laut in die Hände.

»Beeilung, Leute. Sonst ist die Stunde vorbei, bevor wir uns aufgewärmt haben.«

Die anderen Mädchen tragen enge Tops und weiße Leggings, über die sie kurze schwarze Faltenröckchen gezogen haben. Ich schlüpfe in meine Jogginghose und ein labbriges T-Shirt. Als ich neben Mimi in den Saal laufe, komme ich mir vor wie ein Bär in einer Herde Gazellen.

Ich hasse Ballett, hab ich das schon erwähnt? Ich gehe nicht einmal zu Mimis jährlichen Aufführungen in der Ballettschule, obwohl meine Freundin mir wirklich alles bedeutet.

»Stell dich neben mich an die Stange«, sagt Mimi, »und bleib einfach cool.«

Haha, sehr witzig. Soeben taucht Mrs Kaprinski mit ihren Raubvogelaugen hinter mir auf.

»Du hast also noch keine Balletterfahrung?«, fragt sie.

Ich schüttele stumm den Kopf. Überhaupt keine Erfahrung. Wenn man mal von Mums YouTube-Videos absieht, von denen ich jedes bestimmt fünfhundertmal angeschaut habe. Heimlich, nachts im Bett. Grandma mag es nämlich nicht, wenn ich die Ballettaufführungen ansehe. Im Haus meiner Großeltern hängen überall Fotos von meiner Mutter. Aber auf keinem ist sie als Tänzerin zu sehen.

»Gut«, sagt die Lehrerin. »Orientier dich einfach an Mimi. Konzentrier dich auf die Beine und lass die Arme erst mal weg.«

Wieder klatscht sie in die Hände, und das Geplapper im Raum verstummt.

»Erste Position«, befiehlt sie.

Mimi hält sich mit einer Hand an der Stange fest und dreht ihre Füße nach außen.

»Demi Plié«, befiehlt Mrs Kaprinski. Mimis Knie wandern nach außen. Ihr Körper geht nach unten, nur ein kleines Stück, dann strecken sich ihre Knie wieder durch. Ich imitiere ihre Bewegungen, meine Haltung richtet sich unwillkürlich auf. Mein Oberkörper streckt sich, der Kopf wandert nach oben.

»Grand Plié«, kommandiert Mrs Kaprinski. Diesmal sinkt Mimi tiefer in die Hocke und kommt wieder nach oben.

Danach beugen wir den Oberkörper weit nach vorn, beim Aufrichten öffnen wir die Beine. Mimis linke Hand liegt auf der Stange, genau wie meine, aber ihr rechter Arm unterstreicht jede Bewegung auf anmutige Weise.

Wir gehen wieder in die Knie, ein kleines Stück tiefer, dann beugen wir den Oberkörper zur Seite.

»Dritte Position«, befiehlt die Lehrerin.

Mimi verdreht die Beine, ihre rechte Ferse platziert sie genau in der Mitte des linken Fußes. *Demi Plié, Grand Plié, Allongé*, die Anweisungen prasseln nur so auf uns ein. Mrs Kaprinski geht im Saal auf und ab und korrigiert die Haltung der einzelnen Schüler. Sie zieht sie an den Händen und schiebt ihre Schultern in die richtige Position. Ihren Raubvogelaugen scheint nichts zu entgehen.

»Die Beine berühren sich nicht, Henry«, erklärt sie. »Die Knie sind durchgestreckt.«

Ich schiele unwillkürlich nach unten, aber meine Jogginghose kaschiert zum Glück jeden Haltungsfehler.

»Beim nächsten Mal ziehst du bitte Leggings an«, sagt Mrs Kaprinski, der auch mein Blick nicht entgangen ist.

Beim nächsten Mal. Ich unterdrücke im letzten Moment

ein lautes Lachen. Es wird ganz bestimmt kein nächstes Mal geben.

Aber dann schaltet Mrs Kaprinski die Musik an. Ihre Anlage ist nicht besonders gut, das Klavierstück klingt scheppernd und flach. Und dennoch habe ich das Gefühl, dass mir jemand unter die Arme fasst und mich hochzieht. Ich atme tief ein und spüre, wie sich meine Brust weitet.

Wir drehen uns um, die rechte Hand liegt jetzt auf der Stange. Statt auf Mimi blicke ich auf ein anderes Mädchen, das nun mit gestreckten Füßen in die Luft springt. Das Mädchen landet in der vierten Position, wobei die Füße abwechselnd nach vorn und nach hinten schnellen. Ich beginne ebenfalls zu springen, lande falsch, springe und verpatze es wieder. Und hebe erneut ab. Es fühlt sich gut an.

2

»Am Anfang ist es echt verwirrend«, raunt Mimi mir zu, als wir eine kurze Trinkpause machen. »Wenn du die Übungen erst mal kennst, geht es viel leichter.«

Ich werde sie aber nicht kennenlernen, will ich sagen. Ich bringe die Worte jedoch nicht raus, weil meine Kehle total trocken ist. Ich laufe in den Waschraum. Während ich in großen Zügen aus dem Wasserhahn trinke, spüre ich wieder Mrs Kaprinskis Raubvogelblick auf meinem Rücken. Dabei ist sie gar nicht hier.

Nach der Pause verteilen wir uns im Raum. Mrs Kaprinski stellt sich vor den Spiegel und tanzt eine kleine Choreografie vor, die wir nachtanzen sollen. Ich weiß von Mimi, dass sie dreiundsechzig ist, vier Jahre jünger als meine Grandma. Aber sie bewegt sich wie ein junges Mädchen. Einige Figuren deutet sie bloß an, nur die letzte führt sie komplett vor. Sie dreht sich auf der linken Fußspitze, während ihr rechtes Bein hoch zur Zimmerdecke wandert. Ihr linker Arm beschreibt einen eleganten Halbkreis vor dem Körper. Sie streckt das gehobene

Bein weit nach hinten aus, reckt den langen Hals und kommt ohne Wackeln wieder zu stehen. Mrs Kaprinski war früher Profitänzerin, hat Mimi mir auch erzählt, doch das ist Jahrzehnte her. Aber gelernt ist offensichtlich gelernt.

Ich habe mir nur einen Bruchteil ihrer Schritte gemerkt, und Mimi ist mir jetzt auch keine Hilfe mehr. Das Tempo ist zu schnell, die Abfolge zu kompliziert. Ich mache nur etwa jede dritte Bewegung mit. Meine Wangen glühen, mein Herz klopft schnell und laut, vor Anstrengung, aber auch vor Aufregung.

Was zum Teufel geht hier ab? Es ist, als ob etwas Fremdes Besitz von mir ergriffen hätte. Ich tanze nicht, ich werde getanzt.

»Danke schön!« Mrs Kaprinski stellt die Musik ab und öffnet das Fenster. Kalte Winterluft fließt in den Raum. Ich drehe mein schweißnasses Gesicht in den kühlen Strom. Dieses tiefe Glück, das mich erfüllt, auch das ist neu. So gut habe ich mich nach dem Turnen nie gefühlt.

»Pass auf, dass du dich nicht erkältest.« Mrs Kaprinski schiebt mich an den Schultern in den Umkleideraum. »Zieh dir etwas über. Dann reden wir.«

»War das wirklich deine erste Ballettstunde?« Mrs Kaprinski mustert mich misstrauisch. Wir sitzen auf einer Bank im Ballettsaal, während Mimi im Nebenraum auf mich wartet.

»Ich hab früher Kunstturnen gemacht.«

»Warum hast du damit aufgehört?«

»Aus verschiedenen Gründen«, sage ich. Meine Lieblingstrainerin ist weggezogen, und ihr Nachfolger hat definitiv einen an der Waffel. In meiner letzten Trainingsstunde hat er eine Hantel nach mir geworfen. Ich hatte aber auch vorher schon die Lust am Turnen verloren.

»Gut.« Mrs Kaprinski greift nach ein paar Formularen, die auf dem Fensterbrett liegen. »Das sind meine Konditionen und Preise.« Sie reicht mir die Blätter. »Deine Großeltern müssen den Vertrag am Ende unterschreiben.«

Meine Großeltern? Woher weiß Mrs Kaprinski, dass ich bei meinen Großeltern lebe? Hat Mimi ihr das erzählt? Ich blättere durch die Seiten. Ballettstunden sind ganz schön teuer, stelle ich fest. Dann fällt mein Blick auf das Formblatt am Ende, in das Mrs Kaprinski bereits meinen Namen eingetragen hat.

April O'Neill, steht da.

Ich sehe Mrs Kaprinski verdattert an. »Woher kennen Sie meinen Nachnamen?«

Ihre dunklen Augen bohren sich in meine Stirn.

»Du bist deiner Mutter wie aus dem Gesicht geschnitten. Und der Name April ist nicht allzu häufig.«

»Kannten Sie meine Mutter?«

Blöde Frage. Mrs Kaprinski ist Ballettlehrerin, und meine Mum war eine der berühmtesten Primaballerinen der Welt. Natürlich kennt sie sie.

»Sie war meine Schülerin«, sagt Mrs Kaprinski.

»Was? Echt?« Mein Mund bleibt ein paar Sekunden lang offen stehen. Dann klappe ich ihn wieder zu und schüttele den Kopf. Das kann ja gar nicht sein. Mrs Kaprinskis Ballettstudio gibt es erst seit sieben Jahren. Als Mimi mit vier hier angefangen hat, war die Schule gerade eröffnet worden.

»Ich habe damals in Rovenhead unterrichtet«, erklärt Mrs Kaprinski.

Rovenhead ist mindestens zwanzig Kilometer von Mulchester entfernt. Eine ganz schöne Strecke. Aber Grandma hat mir erzählt, dass sie früher jeden Nachmittag unterwegs war, um Mum zum Ballettunterricht zu bringen und wieder abzuholen.

Ich drehe den Vertrag in meinen Händen hin und her. Mrs Kaprinski hat mich sofort erkannt, als sie vorhin in der Umkleide meinen Namen hörte. Deshalb hat sie mich bei der Tanzstunde mitmachen lassen.

»Ich weiß nicht, ob meine Großeltern damit einverstanden sind«, sage ich.

»Wenn die Gebühren ein Problem sind, können wir darüber reden.« Die dunklen Augen mustern mich unverwandt.

Ich schweige.

»Willst du denn tanzen?«, fragt Mrs Kaprinski.

Ich senke meinen Blick auf das Blatt mit meinem Namen. Wenn Mum nicht getanzt hätte, wäre sie heute noch am Leben und vermutlich auch noch mit meinem Vater zusammen. Wir wären eine ganz normale Familie. Vielleicht hätte ich sogar Geschwister.

Ich spüre, wie mir die Tränen in die Augen steigen.

Nein, denke ich. Ich werde bestimmt nicht den gleichen Fehler machen wie sie.

Aber da war diese seltsame Kraft, die mich vorhin erfüllt und getragen hat. Die Aufregung, die mein Herz auch jetzt noch schneller schlagen lässt. Und diese Freude, die ich noch nie zuvor gespürt habe.

»Ja«, sage ich.

Mrs Kaprinski lächelt.

3

»Das ist nicht dein Ernst«, sagt Grandma. Sie steht am Herd und dreht mir den Rücken zu, sodass ich ihr Gesicht nicht sehen kann. Aber ich weiß genau, wie sie aussieht: Ihre Lippen sind zu einer schmalen Linie zusammengepresst, wie immer, wenn sie enttäuscht ist.

Schweigend schöpft sie Suppe in einen Teller und stellt ihn mir hin. Dann zieht sie ihren Stuhl zurück und setzt sich.

»Isst du nichts?«, frage ich.

»Ich hab schon mit Grandpa gegessen. Er ist jetzt im Pub.«

Natürlich. Jeden ersten Dienstag im Monat trifft Grandpa sich mit seinen Freunden zum Dartsspielen im Castle Inn.

Die knotigen Finger meiner Grandma streichen über den Vertrag, den ich ihr auf den Tisch gelegt habe. Ihre Hände zeigen ihr Alter. Der Rest ihres Körpers wirkt viel jünger, die meisten Leute, die uns nicht kennen, halten sie für meine Mutter. Grandma hat fast keine Falten im Gesicht, ihre langen graublonden Haare trägt sie zusammengebunden in einem schlichten Zopf. Und genau wie Mum hat sie sehr lange

Beine – egal, was sie anhat, sie sieht immer elegant aus. Die Beine habe ich geerbt – die Eleganz leider nicht. Aber vielleicht kommt das noch, ich bin ja erst elf.

»Mrs Kaprinski sagt, dass wir über den Preis reden können, wenn es euch zu teuer ist«, sage ich.

»Es geht nicht um das Geld«, sagt Grandma, ohne einen Blick in den Vertrag zu werfen. »Du wolltest doch nie tanzen.«

»Ja«, sage ich, »aber nun hab ich es ausprobiert.« Ich schlucke. »Es war richtig gut.«

»Am Anfang ist es gut.« Grandma macht eine Pause, in der sie die Lippen zusammenpresst. »Und dann frisst es dich auf.«

»Wir können erst mal einen Probemonat machen«, sage ich. »Das wär doch okay, oder?«

Grandma dreht den Kopf und blickt aus dem Fenster, hinter dem Schneeflocken zu Boden taumeln. Sie sieht so traurig aus, dass ich sie am liebsten umarmen würde. Aber ich weiß, dass sie mich zärtlich zurückschieben würde. Wenn sie so guckt wie jetzt, vermisst sie Mum. Und dann kann sie nichts trösten.

»Ich rede heute Abend mal mit Grandpa«, sagt sie. »Danach sehen wir weiter.«

Zwei Tage später habe ich meine erste Ballettstunde. Natürlich komme ich nicht in Mimis Klasse, die Mädchen und Jungen in ihrem Kurs trainieren ja alle schon jahrelang.

In der Anfängerklasse, in die Mrs Kaprinski mich steckt, sind außer mir noch vierzehn Mädchen. Dreizehn von ihnen sind zwischen sechs und acht Jahren alt und kichern und tuscheln die ganze Zeit. Die Vierzehnte ist Amanda, die in meine Parallelklasse geht. Sie hat wilde dunkelbraune Locken, ein rundes Gesicht und riesige hellblaue Augen.

»Ich liebe tanzen«, erklärt sie mir voller Stolz, als ich mich neben sie an die Stange stelle. »Es ist echt hart, aber wenn man nicht aufgibt, wird man richtig gut.«

Bis Amanda richtig gut wird, ist es allerdings noch ein weiter Weg, das wird mir schon in der ersten Stunde klar. Sie ist steif wie ein Brett. Wenn sie ihr Bein heben soll, hievt sie es mit schmerzerfülltem Gesicht gerade mal bis in Hüfthöhe. Und bei den Rückbeugen legt sie einfach den Kopf in den Nacken. Amanda geht seit vier Jahren zum Ballett und hat es nie über die Anfängerklasse hinausgebracht. Aber das stört sie überhaupt nicht.

»Kann ich vielleicht in einen anderen Kurs wechseln?«, frage ich Mrs Kaprinski, als die Stunde zu Ende ist.

»Warum?« Sie hebt ihre geschwungenen Augenbrauen.

»Also … ähm …«, ich räuspere mich nervös, »… ich glaube, ich bin schon besser.«

»Schon besser?« Die Augenbrauen wandern noch höher. »Nun, das glaube ich nicht.«

In der nächsten Stunde macht sie mir klar, wie recht sie mit ihrer Einschätzung hat. Während des Trainings korrigiert sie bestimmt fünfzigmal meine Haltung. Sie zupft an meinen Fingern, drückt meine Schultern nach unten und schiebt mein Kinn nach oben. »Der Hals muss locker sein«, sagt sie.

»Der Arm bewegt sich zusammen mit dem Kopf. Ganz weich. Standbein strecken. Eleganz!«

Ihre pingeligen Korrekturen machen mich wütend. Ich bin kurz davor, auszurasten und aus dem Ballettsaal zu rennen. Meine Wutanfälle sind berüchtigt, meine armen Großeltern können ein Lied davon singen. Aber ich reiße mich zusammen. Wenn ich jetzt wegrenne, brauche ich nicht mehr zurückzukommen. Mrs Kaprinski versteht bei so was keinen Spaß, das ist mir klar.

»Runde Bewegungen«, sagt Mrs Kaprinski und drückt meine Schultern nach unten.

Die kleinen Mädchen neben mir kichern. Amanda sieht mich mitleidig an.

»Die hat es heute echt auf dich abgesehen«, raunt sie mir zu, nachdem Mrs Kaprinski weitergegangen ist. »Aber das wird schon. Am Anfang hat sie mit mir auch so viel gemeckert. Inzwischen lässt sie mich einfach machen.«

Ich befürchte, das liegt nicht daran, dass Amanda so gut geworden ist, sondern dass Mrs Kaprinski einfach kapituliert hat.

»Nicht reden«, ruft Mrs Kaprinski. »April, dein Arm ist viel zu steif. Lass ihn mit der Bewegung fließen. Und guck nicht so verkrampft. Man darf dir die Anstrengung nicht ansehen.«

Ich atme tief durch, zwinge mich zu lächeln und mache weiter. Mrs Kaprinski ist hart, aber ich bin härter.

Ich gehe bis Weihnachten dreimal in der Woche in die Anfängerklasse, danach lässt Mrs Kaprinski mich in die nächste Stufe wechseln. Auch jetzt sind die meisten Kinder in meiner

Klasse viel jünger als ich. Ich lasse mich davon nicht abschrecken.

Nach den Winterferien beginne ich, auch noch an einem vierten Tag zu trainieren. Chorsingen und Badminton, was ich früher nebenbei gemacht habe, hab ich aufgegeben. »Wenn man tanzen will, muss man es ganz und gar machen«, hat meine Mutter einmal in einem Interview gesagt.

Sie hat es ganz und gar gemacht, sie hat sogar ihr Leben dafür gegeben – diesen Gedanken verdränge ich, sobald er in mir aufkommt.

Mimi freut sich natürlich wie verrückt, dass ich ihre große Leidenschaft jetzt mit ihr teile. Wir verbringen praktisch den ganzen Tag miteinander. Zu meiner eigenen Überraschung habe ich mich in der kurzen Zeit, die ich bei den Anfängern zugebracht habe, auch mit Amanda angefreundet. Sie nimmt es mir überhaupt nicht übel, dass ich an ihr vorbeigezogen bin. »Bei mir dauert es halt einfach ein bisschen länger«, sagt sie.

In der Schule und nach dem Training hängen wir jetzt immer zu dritt ab – Mimi, Amanda und ich. Mimi und ich pushen uns gegenseitig. Wir üben im Park Pirouetten und Sprünge, machen im Supermarkt Gleichgewichtsübungen, und beim Kartenspielen dehnen wir uns, bis wir fast auseinanderbrechen. Amanda macht manchmal mit, meistens guckt sie zu und kommentiert unsere Verrenkungen.

Zu meinem zwölften Geburtstag am 1. April wünsche ich mir Spitzenschuhe. Aber als ich am Morgen zum Frühstück runterkomme und Grandma und Grandpa mir mein Geburtstagsständchen singen, erkenne ich auf den ersten Blick, dass da keine Schuhe auf dem Tisch liegen. Ich bekomme neue Kopfhörer, ein paar Bücher und ein Handy, obwohl mein altes noch vollkommen okay ist.

Ich lasse mir meine Enttäuschung nicht anmerken, jedenfalls versuche ich es. Doch als Grandpa meine Schultern drückt und mich dann an sich zieht, spüre ich, dass sie ihm nicht entgangen ist. Grandma weicht meinem Blick aus. Das tut sie ständig in letzter Zeit.

Es tut weh zu merken, wie weit wir uns voneinander entfernt haben, seit ich mit dem Tanzen begonnen habe. Früher konnte ich über alles mit ihr reden. Nun herrscht Funkstille zwischen uns. Worüber sollten wir uns auch unterhalten? Vom Ballett will sie nichts hören, und das ist alles, was mich im Moment interessiert.

Am Nachmittag feiere ich mit Mimi, Amanda und ein paar anderen Freunden. Wir gehen ins Schwimmbad, und danach laden uns meine Großeltern in Haruns Fish-and-Chips-Laden ein. Es ist total lustig, aber ich komme einfach nicht über die Sache mit den Schuhen hinweg. Ich habe mich so darauf gefreut, am nächsten Tag mit dem Spitzentraining zu beginnen.

Als ich im Bett liege, ist mir ein bisschen übel, weil ich zwei Portionen Fish and Chips und danach noch Kuchen gegessen habe. Während ich mich hin und her wälze, wandelt sich die Enttäuschung, die ich den ganzen Tag mit mir herumgetragen habe, in Wut. Warum akzeptieren meine Großeltern nicht einfach, dass das Tanzen mein Hobby ist? Oder vielmehr – mein Leben!

Ich balle meine Hände zu Fäusten, während ich in die Dunkelheit meines Zimmers starre. In meinen Ohren rauscht das Blut. Meine Mutter war eine großartige Tänzerin. Sie war nur ein bisschen älter als ich heute, als sie in die Royal Ballet School aufgenommen wurde – in die Ballettschule, bei der sich Mimi nächstes Jahr bewerben will.

Mum ist allein nach London gezogen. Neben der Tanzausbildung machte sie ihren High-School-Abschluss, und danach wurde sie ins Ensemble der Royal Opera aufgenommen. Ein Jahr später gab sie als Solistin ihr Debüt in der Rolle des Dornröschen. Und danach ging es steil bergauf.

Lara O'Neill trat in Paris, Mailand, Tokio und New York auf. Mit fünfundzwanzig hatte sie die Hauptrollen in sämtlichen großen Ballettstücken getanzt: *Nussknacker*, *Schwanensee, Romeo und Julia, Giselle*. Und nebenbei stand sie in unzähligen modernen Stücken auf der Bühne. In Grandpas Arbeitszimmer gibt es mehrere Ordner voller Presseberichte und enthusiastischer Kritiken.

Mums Leben war ein Traum. Eine wunderschöne schillernde Seifenblase, die jäh zerplatzte. Und der Grund dafür war ich.

4

Es ist purer Zufall, dass meine Eltern sich kennenlernten. Dad arbeitete als Kulturredakteur für eine große Zeitung. Er war ständig im Theater, das gehörte zu seinem Job. Aber mit Ballett hatte er überhaupt nichts am Hut. An dem Tag, an dem er meiner Mutter zum ersten Mal begegnen sollte, fragte ihn eine Kollegin, ob er sie bei einer Premiere im Opernhaus vertreten könne.

Giselle. Der Titel des Stückes hätte meinen Dad warnen müssen. Aber Tanz ist nun mal nicht sein Ding. Er hatte auch keine Zeit mehr zum Recherchieren. Erst als er im Zuschauerraum saß und die ersten Tänzer auf die Bühne hüpften, dämmerte ihm, dass er vollkommen fehl am Platz war. Er spielte mit dem Gedanken, sich einfach aus der Vorstellung zu schleichen, als meine Mum die Bühne betrat.

Dad war verzaubert von ihr. Das klingt total kitschig, aber genau so war es. Er ging gleich nach der Vorstellung in die Garderobe und fragte Mum, ob sie ihm ein Interview geben würde. Nach dem Interview lud er sie zum Essen ein, danach sahen sie sich jeden Tag. Ein paar Monate später war sie schwanger.

Meine Grandma sagt immer, dass meine Mum vor Glück gesungen hat, als sie erfuhr, dass ich unterwegs war. Aber ich bin mir sehr sicher, dass sie das nur sagt, damit ich mich gut fühle. Ballett war der Lebenstraum meiner Mutter, sie hatte unglaublich hart gearbeitet, um ihn zu verwirklichen. Und dann zog ein Baby einen Schlussstrich unter ihre Karriere. Das ist doch echt kein Grund zur Freude.

Meine Eltern heirateten, ich wurde geboren, und nach einem halben Jahr begann meine Mutter wieder zu trainieren. Als ich ein Jahr alt war, fuhr sie zu einem Casting nach Paris.

Mein Mund ist auf einmal schrecklich trocken. Ich brauche was zu trinken, sofort.

Ohne Licht anzuschalten, gehe ich über den Flur ins Bad und trinke Wasser aus dem Hahn. Als ich wieder im Flur stehe, höre ich Stimmen aus dem Erdgeschoss. Die Tür zum Wohnzimmer steht wohl auf.

»Es ist nicht deine Schuld, Jessica«, sagt mein Grandpa. »Ich wünschte, du würdest es endlich begreifen.«

»Du weißt ganz genau, wie es war.« Meine Großmutter klingt müde und erschöpft. »Ich hab sie zum Tanzen gebracht.«

»… und sie hat es geliebt«, ergänzt mein Grandpa. »Lara ist immer ihren Weg gegangen. Du hättest sie niemals zu irgendetwas bewegen können, das sie nicht selbst gewollt hätte.«

Ich beuge mich über das Treppengeländer und halte den Atem an. Lara. Sie sprechen über meine Mum.

»Ich hätte sie bremsen müssen«, sagt meine Großmutter. »Aber ich hab es nicht einmal versucht.«

»Und jetzt willst du alles wiedergutmachen, indem du April vom Tanzen abhältst.« Ich höre ein leises Gluckern. Grandpa schenkt Wein ein. »Es wird dir nicht gelingen. Sie war so traurig, weil sie die Schuhe nicht bekommen hat.«

»Ich weiß.« Meine Großmutter seufzt. »Aber es ist besser so. Irgendwann wird April mir dafür dankbar sein.«

»Ach, Jessica. Die Kleine ist wie ihre Mutter. Und ihre Mutter war wie du. Dickköpfe, alle miteinander.« Mein Grandpa lacht leise. »Willst du noch ein Glas Wein?«

»Danke«, sagt Grandma. »Ich glaube, ich gehe lieber schlafen.«

Ich höre, wie sie Grandpa einen Kuss gibt, dann quietscht die Wohnzimmertür. Ich husche in mein Zimmer und spüre, wie mein Herz laut und aufgeregt hämmert. Wie die Wut wieder in mir hochsteigt.

Ich weiß so wenig über meine Mutter. Obwohl meine Großeltern viel von ihr erzählen. Sie zeigen mir Bilder: Kinderfotos, Jugendbilder, Urlaubsvideos. Hochzeitsfotos. Bilder, auf denen sie mich auf dem Arm hält. Nur Tanzfotos zeigen mir meine Großeltern nie.

Aber davon finde ich jede Menge im Internet. Und dann gibt es natürlich die Videos auf YouTube, die ich wieder und wieder anschaue. Ich sehe, wie meine Mutter tanzt: Sie hebt ein Bein langsam nach oben und hält es dort. Sie springt, sie dreht sich, sie liegt in den Armen ihres Tanzpartners. Sie verbeugt sich und lacht. Sie ist wunderschön.

Sie ist ein einziges Rätsel, und ich werde sie niemals kennenlernen.

Ich habe keine Ahnung, wie es Mum nach meiner Geburt ging. Vielleicht wurde ihr erst da so richtig klar, dass ihre Tanzkarriere zu Ende war.

Zu der Audition nach Paris ist sie mit dem Auto gefahren. Das ist seltsam, von England aus hätte sie viel besser fliegen können. Nach dem Vortanzen hat sie sich wieder auf den Heimweg gemacht. Auf dem Weg nach Calais wollte sie in einem kleinen Ort übernachten, doch sie ist dort nie angekommen.

Mein Dad hat ihren Tod nicht verwunden. Nach ihrem Unfall ist er in eine tiefe Depression gesunken und hat angefangen zu trinken. Deshalb bin ich bei meinen Großeltern aufgewachsen. Ich habe nur wenig Kontakt zu ihm.

Mir hat nie etwas gefehlt. Grandma und Grandpa sind liebevoll, lustig und um einiges fitter als die Eltern vieler Klassenkameraden. Ich vermisse meine Mum eigentlich nicht, ich habe sie ja auch nie richtig kennengelernt. Aber in meinem Leben gab es immer eine Leerstelle.

Seit ich mit dem Ballett begonnen habe, ist sie ausgefüllt.

Als ich am nächsten Tag in die Ballettschule komme, bittet Mrs Kaprinski mich in ihr kleines Büro neben dem Tanzsaal.

»Ich wollte dir etwas geben.« Sie holt eine Schachtel aus dem Schrank neben dem erstaunlich unordentlichen Schreibtisch und reicht sie mir. »Herzlichen Glückwunsch zum Geburtstag, April.«

Die Schachtel ist in weißes Glanzpapier gehüllt und mit einer rosa Schleife verziert. Ich weiß, was sich darin verbirgt, bevor ich den Deckel öffne.

»Spitzenschuhe!« Ich nehme sie heraus und halte sie hoch. Das Leder ist fest und weiß und verströmt einen zarten Duft. Vor lauter Freude habe ich Tränen in den Augen. »Haben Sie das mit Grandma abgesprochen?«

Mrs Kaprinski schüttelt den Kopf. »Ich dachte mir … na, ist ja auch egal. Es ist auf jeden Fall an der Zeit, dass wir mit dem Spitzentraining beginnen.« Die Lehrerin räuspert sich. »Ich hab dir die Bänder schon angenäht, damit du gleich anfangen kannst.«

»Danke.« Ich stelle mich auf die Zehenspitzen und gebe ihr einen Kuss auf die Wange.

Sie zieht die Augenbrauen zusammen und schnaubt unwillig. Aber ihre dunklen Augen glänzen verdächtig.

5

Am Ende des Unterrichts gibt es immer eine Viertelstunde Spitzentraining – und heute darf ich zum ersten Mal mitmachen. Ich winde das Seidenband um meine Knöchel und verschließe es an der Seite mit einem Knoten. Dann richte ich mich auf, umfasse mit beiden Händen die Stange und sehe mir selbst im Spiegel in die Augen.

»Hoch«, kommandiert Mrs Kaprinski.

Ich genieße den Schmerz in meinen Zehen, als ich auf den Fußspitzen stehe. Ich hebe den Kopf, mein Körper streckt sich zur Decke, ich wachse über mich hinaus. Nach einigen Pliés und Relevés in allen Positionen klatscht Mrs Kaprinski in die Hände. »April, das genügt für heute. Die anderen verteilen sich bitte im Saal.«

»Ich will noch weitermachen«, protestiere ich.

Mrs Kaprinski nickt. »Das kannst du auch. Aber bitte in Schläppchen. Deine Füße müssen sich erst an die neuen Schuhe gewöhnen.«

»Aber sie tun überhaupt noch nicht weh.« Das ist eine

Lüge, und Mrs Kaprinski weiß es. Sie würdigt mich keines Blickes mehr.

Ich verstecke die Spitzenschuhe ganz unten in meiner Tasche, bevor ich nach der Stunde nach Hause gehe. Jetzt ist es gut, dass Grandma und ich nie über den Ballettunterricht reden. Ich muss sie nicht anschwindeln.

Vor dem Schlafengehen knete ich meine Spitzenschuhe und stelle sie zum Lüften und Trocknen unter mein Bett. Morgens lasse ich sie wieder in meinem Tanzbeutel verschwinden.

Im Mai komme ich in Mimis Klasse, und Amanda darf endlich aus dem Anfängerkurs in die erste Fortgeschrittenenklasse wechseln. Sie strahlt vor Stolz und Freude, als Mrs Kaprinski ihr die gute Nachricht mitteilt.

»Irgendwann hab ich euch eingeholt«, erklärt sie, als wir nach der Schule zusammen nach Hause gehen.

»Bestimmt«, sagt Mimi ohne eine Spur von Ironie.

»Obwohl …« Amandas Gesicht verdüstert sich von einer Sekunde zur anderen. »Das ist ja Quatsch.« Sie bleibt abrupt stehen und sieht plötzlich aus, als würde sie gleich losweinen.

Mimi und ich bleiben ebenfalls stehen und schauen uns erschrocken an.

»Was ist?«, erkundige ich mich.

»Bis ich das geschafft habe, seid ihr schon lang weg«, sagt Amanda.

»Wie – weg? Wo sollen wir denn hin?«, frage ich.

»Ihr geht bestimmt beide nächstes Jahr nach London auf die Ballettakademie. Ihr tanzt doch so super.« Amandas Unterlippe zittert. »Und was mach ich dann?« Nun bricht ihre Stimme, und die Tränen beginnen wirklich zu fließen. »Ohne euch macht das dann doch alles keinen Spaß mehr.« Sie schluchzt laut auf und verstummt.

Ich lege meinen Arm um Amanda und ziehe sie an mich. »Nicht weinen, Amanda. Ich bin doch die totale Anfängerin. Ich tanz da bestimmt nicht vor.« Ich spüre ein seltsames Ziehen in meinem Magen. Wehmut, die sich schnell in Zorn verwandelt. Warum habe ich so spät mit dem Tanzen angefangen? Wenn ich früher begonnen hätte, wäre ich heute so gut wie Mimi, und wir könnten wirklich zusammen nach London.

»Ich bleib euch auch erhalten«, sagt Mimi. »In der Royal Ballet School bewerben sich jedes Jahr tausend Tänzer, und am Ende werden zwanzig genommen. Das ist wie Lottospielen – man braucht unglaubliches Glück.«

»Die müssen dich nehmen!« Amanda wischt sich mit dem Handrücken die Tränen aus dem Gesicht. »Bei der Meisterschaft in Loughborough hast du den ersten Platz gemacht. Und in Manchester und Brighton warst du auf Platz zwei. Das ist doch Wahnsinn!«

Amanda hat recht. Mimi hat in diesem Jahr an drei wichtigen Nachwuchswettbewerben teilgenommen, und bei jedem hat sie eine super Platzierung erreicht, bei der internationalen Meisterschaft in Loughborough war sie sogar die Beste. Das ist natürlich keine Garantie auf einen Platz in der Akademie, aber ihre Aussichten sind alles andere als schlecht.

Als meine Mum damals vorgetanzt hat, haben Grandma und Grandpa sie bestimmt zur Audition begleitet und ihr die Daumen gedrückt. Ob sie mitkämen, wenn ich dort irgendwann vortanzen würde? Ich denke an das versteinerte Gesicht von Grandma, wann immer die Rede auf das Ballett kommt, und spüre, wie meine Brust eng wird.

»Hörst du überhaupt noch zu, April?«, fragt Mimi.

Ich schrecke zusammen. »Was?«

»Ich hab gerade gefragt, ob ihr noch mit zu mir wollt«, sagt Amanda. »Meine Mum hat Erdbeereis gemacht. Wir können die neue Serie mit Patrick Donohue gucken, die soll echt cool sein.«

»Ich bin dabei«, sagt Mimi.

»Hast du schon Mathe gemacht?«, frage ich.

Mimi nickt. Natürlich hat sie die Hausaufgaben schon erledigt. »Du kannst sie abschreiben, wenn du willst.«

»Super«, sage ich. »Du darfst auf keinen Fall nach London, Mimi. Ohne dich bin ich hier komplett aufgeschmissen.«

Zu Hause duftet es schon im Flur nach Lasagne. Ich schnuppere begeistert. Grandmas Lasagne ist mein absolutes Lieblingsessen. Es gibt sie viel zu selten, weil es eine Höllenarbeit ist.

»Mhhhmm«, mache ich, als ich in die Küche trete. »Gibt's was zu feiern?«

Grandma stellt gerade die dampfende Auflaufform auf den Tisch. »Ja«, sagt sie knapp.

»Echt? Was?«

Sie hebt den Kopf und lächelt mich an. »Dass wir dich haben.« Sie nimmt ein Päckchen vom Tisch und reicht es mir. »Hier, bitte.«

Nun bin ich wirklich perplex. »Ein Geschenk? Wofür?«

»Mach es einfach auf.« Diese Antwort kommt nicht von Grandma, sondern von Grandpa, der hinter mir in die Küche getreten ist. Meine Großeltern sehen mir beide dabei zu, wie ich das Papier aufreiße und ein Paar weiße Spitzenschuhe enthülle.

»Tanzschuhe?« Ich sehe meine Großeltern verdattert an. »Wieso …?«

Grandma lächelt ein bisschen schief.

»Wir haben uns gedacht, dass du sie vielleicht brauchen könntest«, erwidert Grandpa.

Ich denke mit schlechtem Gewissen an die Spitzenschuhe von Mrs Kaprinski, mit denen ich nun schon seit zwei Monaten tanze. Ich habe meinen Großeltern nie davon erzählt – und jetzt ist garantiert der falsche Zeitpunkt für ein Geständnis. Ich drehe mich um und umarme Grandpa, dann renne ich zu meiner Großmutter und gebe ihr einen Kuss.

»Danke«, sage ich. »Ihr seid so lieb.«

Ich probiere die Schuhe gleich an. Sie passen perfekt. Ich werde sie in ein paar Wochen brauchen, wenn das Paar von Mrs Kaprinski durchgetanzt ist. Aber auch das verschweige ich lieber.

»Als Gegenleistung wollen wir dann aber auch bald mal sehen, wie du damit tanzt«, sagt Grandpa.

»Aber klar doch!« Ich sehe Grandma an, deren Lächeln

etwas gequält wirkt. Das mit den Schuhen war garantiert Grandpas Idee, aber sie hat mitgemacht, und das ist die Hauptsache.

»Wasch dir die Hände, dann können wir essen«, sagt sie und streicht mir zärtlich über den Kopf.

6

In den Sommerferien ist die Ballettschule geschlossen. Amanda fliegt mit ihren Eltern nach Südafrika. Mimi und ich nehmen an einem vierwöchigen Ballettcamp teil, damit wir nicht aus der Übung kommen. Es gibt verschiedene Coaches, die jeden Tag fünf Stunden lang mit uns tanzen und uns unglaublich viel beibringen. Den Rest des Tages faulenzen wir am Meer. Es ist super.

Danach fahre ich mit meinen Großeltern noch eine Woche in ein Ferienhaus nach Cornwall. Onkel Andrew, Tante Sophie und mein Cousin Samy kommen ebenfalls mit. Samy ist neun und die schrecklichste Nervensäge, die man sich vorstellen kann. Zum Glück erlauben meine Großeltern im letzten Moment, dass ich Amanda mitnehmen darf, die gerade aus Südafrika zurück ist. Das ist ein Gewinn für alle. Amanda versteht sich sogar mit Samy, und wir haben eine Menge Spaß.

Grandma hat schon lange nicht mehr so viel gelacht wie in dieser Woche. Sie mag Amanda total. Bestimmt wünscht sie sich, dass ich wie sie wäre. Locker und lustig und nicht so versessen aufs Ballett.

In der letzten Woche vor Schulbeginn geht das Balletttraining wieder los. Und gleich am Anfang steht eine spannende Entscheidung an.

Mrs Kaprinski will in der Tanzschule eine Liste mit den Namen der Schülerinnen und Schüler aushängen, die sie in diesem Schuljahr bei den Nachwuchswettbewerben anmelden möchte. Die Termine hat Mrs Kaprinski uns schon im Frühjahr genannt, und alle, die irgendwie für die Auswahl infrage kommen, haben sie sich freigehalten. Ich auch. Dabei habe ich echt keine Chance.

Obwohl …

Beim Ballettwettbewerb in Manchester im letzten Jahr waren auch Florence und Micol dabei, und schlechter als die beiden tanze ich auch nicht.

»Loughborough ist echt krass«, sagt Mimi, während wir auf die Toreinfahrt zugehen, die zur Ballettschule führt. »Da würde ich gerne noch mal hin.«

»Du bist garantiert bei allen drei Wettbewerben dabei«, sage ich. »Hi, Amanda!«

Amanda wartet am Eingang auf uns, ihre Stunde ist schon zu Ende.

»Hi«, sagt sie. »Mimi ist bei allen drei Wettbewerben dabei.«

»Wow.« Mein Herz, das ohnehin schon ziemlich schnell geschlagen hat, hämmert jetzt wie verrückt. Und ich? Habe ich es ebenfalls auf die Liste geschafft?

»Was ist mit April?«, fragt Mimi.

Amanda verzieht den Mund. Dann schüttelt sie den Kopf.

»Was?«, fragt Mimi. »Du meinst, sie ist nicht im Kader?« So wird die Schülergruppe genannt, die zu den Wettbewerben fährt.

»Nee«, sagt Amanda. »Und ich auch nicht.«

Wortlos trete ich an ihr vorbei in den Eingang und starre auf den Aushang, der direkt neben der Tür klebt.

Mimi und Stella nehmen an allen drei Wettbewerben teil, Finlay, Florence und Henry fahren nach Bristol und Manchester, Micol nur nach Manchester.

Solange ich auch auf das Blatt starre, mein Name erscheint einfach nicht darauf.

»Das kann ja wohl nicht wahr sein«, murmelt Mimi, die nur einen kurzen Blick auf den Ausdruck geworfen hat. »Wieso ist April nicht dabei?«

Diese Frage ist an Mrs Kaprinski gerichtet, die gerade im Vorraum aufgetaucht ist, um uns zu begrüßen.

»Ich finde wirklich, dass sie …«, beginnt Mimi.

Mrs Kaprinski hebt die Hand und bringt sie damit zum Schweigen. »Ich diskutiere meine Entscheidungen nicht«, sagt sie kühl. »Zieht euch jetzt bitte um, damit wir anfangen könn…«

»Ich kann nicht mit nach Manchester.« Nun ist es Mimi, die in ihren Satz hineinplatzt.

»Was?« Mrs Kaprinskis perfekt gezupfte Augenbrauenbögen wandern so weit nach oben, dass sie fast in ihrem Haaransatz verschwinden.

»Ich … äh … mein Granddad feiert an dem Wochenende seinen achtzigsten Geburtstag«, stammelt Mimi.

»Ein Familienfest.« Mrs Kaprinski runzelt unwillig die Stirn. »Weißt du was, ich spreche mal mit deinen Eltern. Der Wettbewerb ist wirklich wichtig, und ich hätte dich gerne …«

»Nein.« Wieder fällt ihr Mimi ins Wort. »Ich muss da auf jeden Fall hin. Mein Granddad ist … äh … wirklich alt.«

Ich bin immer noch damit beschäftigt, meine Riesenenttäuschung zu verdauen. Aber im Hinterkopf registriere ich, dass da was nicht stimmt. Mimis Großvater feiert am 16. Oktober seinen Geburtstag, das weiß ich genau, weil Mimi und ich auf der Feier einen kleinen Tanz vorführen sollen.

Der Wettbewerb in Manchester findet erst eine Woche später statt. Hat sie die beiden Termine verwechselt?

Ich will sie gerade auf den Irrtum hinweisen, als ich ihren beschwörenden Blick auffange. Sie schüttelt kaum merklich den Kopf.

Mrs Kaprinski mustert Mimi schweigend, dann wendet sie sich abrupt ab.

»Sie haben Mimis Frage noch nicht beantwortet«, bricht es aus mir heraus. »Wieso bin ich nicht im Kader?«

»Ich kann nur Schüler mitnehmen, die Aussichten auf eine Platzierung haben.« Die Tanzlehrerin verschränkt die Arme vor der Brust. »Du bist noch nicht so weit.«

»Natürlich bin ich das! Und das wissen Sie ganz genau. Ich finde diese Entscheidung total ungerecht. Ich will es wenigstens versuchen!« Meine Stimme ist mit jedem Wort lauter geworden. Am Ende stampfe ich sogar noch mit dem Fuß auf wie ein kleines Kind. Die anderen sehen mich irritiert an.

Mrs Kaprinski mustert mich, als wäre ich eine dicke Spinne, die plötzlich in ihrer Dusche aufgetaucht ist.

»Zieh dich um, April«, sagt sie gefährlich leise.

Dann verschwindet sie im Saal.

»Es ist echt krass, dass du nicht auf der Liste bist«, sagt Mimi, kaum dass wir die Ballettschule verlassen haben.

Ich murmele etwas Unverständliches. Mein Wutausbruch ist mir jetzt peinlich. Während der ganzen Stunde hat mich Mrs Kaprinski keines Blickes gewürdigt. Sie kann Unbeherrschtheit nicht ausstehen. Es ist ein Wunder, dass sie mich nicht gleich rausgeschmissen hat.

»Wieso willst du nicht nach Manchester?«, wechsele ich das Thema.

»Ich hab da was anderes vor«, sagt Mimi.

Irgendwas stimmt nicht mit ihr. Sie war gestern schon so komisch.

Als wir aus dem Urlaub zurückgekommen sind, bin ich direkt zu ihr gerannt. Mimi lag in ihrem Zimmer auf dem Bett, und während ich meine Beine dehnte, die in Cornwall ganz schön steif geworden sind, kaute sie die ganze Zeit nur an den Fingernägeln. Sie schien total weggetreten.

Und jetzt ist es ganz genauso.

»Kommst du noch mit zu Amanda?«, frage ich sie. »Wir wollten zusammen Pizza machen.«

Mimi starrt angestrengt auf die Mülltonnen, die vor ihrem Haus stehen, wir sind nämlich gerade bei ihr angekommen.

»Mimi?«

»Was?« Sie zuckt zusammen. »Nee, ich kann nicht. Ich muss gleich noch weg.«

»Aha«, sage ich. »Und wohin?«

Sie zuckt mit den Schultern, dann gibt sie mir einen Kuss auf die Wange und lässt mich einfach stehen.

Den Grund für Mimis seltsames Verhalten finden Amanda und ich am ersten Schultag heraus. Er heißt Nicolas und ist in der Mulchester High School eine Stufe über uns. Er wohnt erst seit zwei Wochen in der Stadt, und in dieser kurzen Zeit hat er es geschafft, dass sich die Hälfte der Mädchen unserer Klasse in ihn verliebt hat. Inklusive Mimi.

Nicolas und sie haben sich im Freibad kennengelernt, während Amanda und ich in Cornwall waren. Mimi gibt nicht zu, dass sie bis über beide Ohren verknallt ist, aber es ist so was von offensichtlich. Sobald Nicolas' Name fällt, verfärbt sich ihr Kopf knallrot. Und wenn er sich ihr nähert, wird sie fast ohnmächtig. Sie schüttet ihren kompletten Apfelsaft auf ihre Schuluniform, nur weil er in zehn Metern Entfernung über den Schulhof geht. Es ist schlimm.

»Wir hätten sie nie allein lassen dürfen«, sagt Amanda düster, als ich nach dem Tanztraining zu ihr in den Garten komme. Es ist ein warmer Spätsommertag, wir setzen uns auf den

Holzsteg an ihrem kleinen Gartenteich und lassen die Beine ins Wasser baumeln.

Mimi ist nach dem Ballett in die Stadt gegangen, um sich dort mit ein paar Leuten zum Eisessen zu treffen. Amanda und mir ist natürlich klar, dass auch Nicolas dabei ist.

»Ich weiß gar nicht, was sie an ihm findet«, sage ich. Okay, Nicolas sieht super aus und ist groß und hat breite Schultern. Aber er macht unerträglich schlechte Witze, über die er dann selbst am lautesten lacht.

»Und warum will Mimi jetzt nicht mehr nach Manchester?«, fragt Amanda. »Hat das auch was mit Nicolas zu tun?«

»Ja.« Ich ziehe eine Grimasse. »Sie wollte es zuerst nicht zugeben, aber dann hab ich es doch aus ihr rausgeholt.«

»Will er sie am 16. Oktober heiraten, oder was?«, fragt Amanda.

»Nee. Er hat an dem Tag Geburtstag.«

»Und er hat sie zu seiner Party eingeladen.«

Ich schüttele den Kopf. »Viel besser. Er macht *vielleicht* eine Party, und Mimi hat den Wettbewerb schon mal vorsorglich abgesagt. Damit sie Zeit hat, wenn er sie einlädt.«

»Oh Mann.« Amanda schlägt sich mit der flachen Hand gegen die Stirn. »Das ist krass.«

»Kannst du laut sagen.« Einer der Koi-Karpfen, die in dem Teich herumschwimmen, stupst mit seinen wulstigen Lippen gegen meine Wade. Vielleicht hält er mein Bein für ein besonders großes Stück Fischfutter.

Amanda legt den Kopf in den Nacken und blinzelt in die

Abendsonne. »Bestimmt darfst du jetzt mit nach Manchester, wenn Mimi nicht mitfährt.«

»Nee«, sage ich knapp.

Während der ganzen Ballettstunde habe ich darauf gehofft, dass Mrs Kaprinski mich doch noch in die Auswahl aufnimmt. Beim Umziehen habe ich extra getrödelt, um ihr eine Chance zu geben, mich darauf anzusprechen. Aber nichts passierte.

Es ist echt gemein. Natürlich fehlt mir noch jede Menge Technik und tänzerischer Ausdruck. Mimi ist mir meilenweit überlegen, das ist mir vollkommen klar. Aber bis zu den Wettbewerben sind es noch einige Wochen, und Mrs Kaprinski weiß inzwischen, wie hart ich arbeiten kann. Härter als jeder sonst in der Ballettschule. Wieso gibt sie mir keine Chance?

Ich greife nach einem kleinen Kiesel und lasse ihn in den Teich plumpsen. Von allen Seiten schießen hoffnungsvoll Karpfen und Goldfische heran und ziehen enttäuscht wieder ab, als sie merken, dass es kein Fressen ist.

»Ist mir doch egal«, erkläre ich genervt. »Gibt ja auch noch andere Dinge als Ballett.«

»Das stimmt«, sagt Amanda. »Aber schade ist es schon.«

7

Als ich die Haustür aufschließe, klingelt das Telefon. Das Mobilteil liegt auf der Kommode im Flur, und so nehme ich den Anruf gleich an. Es ist Mrs Kaprinski.

»Guten Abend, April«, sagt sie förmlich, als hätten wir uns nicht gerade eben noch in der Ballettschule gesehen.

»Was gibt's denn?« Mein Magen dreht eine Pirouette. Mein Herz hüpft vor Glück. Nun ist es doch so weit. Mrs Kaprinski ruft bestimmt an, um mich in den Kader aufzunehmen.

»Könnte ich deine Großmutter kurz sprechen?«

Mein Herz plumpst nach unten. »Klar«, sage ich.

In diesem Moment kommt Grandma in den Flur. Ich reiche ihr wortlos das Telefon. »Für dich.«

»Hallo?« Grandma lauscht in den Hörer und nickt hastig, obwohl Mrs Kaprinski sie natürlich nicht sehen kann. Danach verschwindet sie mit dem Telefon in Grandpas Arbeitszimmer. *Klack!* geht die Tür hinter ihr zu.

Ich zögere kurz, dann husche ich ihr auf Zehenspitzen

hinterher und lege mein Ohr an die Tür. Ich muss einfach wissen, was die beiden zu besprechen haben.

Wenn bloß mein Blut nicht so laut in meinen Ohren rauschen würde! Ich kann Grandma kaum verstehen.

»Ja«, dringt ihre Stimme zu mir durch. »Ich weiß.«

Nun herrscht ein paar Sekunden Stille.

»Nein. Ganz bestimmt nicht«, sagt sie, und im selben Moment höre ich, wie sie auf die Tür zugeht.

Ich hechte durch den Flur zurück zur Garderobe. Als sie die Tür öffnet und herausschaut, sitze ich auf der Kiste neben dem Eingang und ziehe meine Schuhe aus. Sie wirft mir einen misstrauischen Blick zu, bevor sie die Tür schließt.

»Was wollte Mrs Kaprinski?«, frage ich, als sie kurz darauf wieder aus dem Arbeitszimmer kommt.

»Ach, es ging nur um den Vertrag fürs neue Schuljahr. Es gibt ein paar Änderungen, die sie mit mir besprechen wollte.«

Sie marschiert mit großen Schritten ins Wohnzimmer, während ich meine Hand zur Faust balle und vor Wut gegen die Wand haue. Ich weiß ganz genau, dass das eine Lüge ist. Aber um was es wirklich ging, wird Grandma mir nicht verraten, da bin ich mir leider genauso sicher.

Auf dem Weg zur Ballettschule gehen Mimi und ich immer durch den kleinen Park in der Stadtmitte. Heute scheint zum ersten Mal seit Tagen wieder die Sonne. Die Rasenflächen dampfen im goldenen Licht, und auf den Blättern der Büsche glitzern die Wassertropfen wie Pailletten auf einem Ballkleid. Wir haben beide gute Laune, obwohl ich die Sache mit der Auswahl immer noch nicht verwunden habe. Jeden Samstagmorgen, wenn sich der Kader zum Sondertraining trifft, wache ich früh mit einem Stich im Herzen auf. Danach bin ich hellwach, dabei könnte ich doch ausschlafen.

Mimi erzählt gerade von einer neuen Spitzenschuhmarke, auf die ihre Mum im Internet gestoßen ist. »Die Qualität ist angeblich super, und sie sind viel, viel günstiger als die Schuhe, die wir bisher …« Sie verstummt abrupt.

»Was?«, frage ich, aber dann sehe ich es auch.

Auf einer Bank unter einer Trauerweide sitzt Nicolas. Er bemerkt uns allerdings nicht, weil er voll und ganz damit beschäftigt ist, mit Simona zu knutschen.

Mimi ist auf einmal schrecklich blass. Ich höre, wie sie laut schluckt.

»Also, die Schuhe sollen echt gut sein«, fährt sie mechanisch fort. »Wir werden das mal ausprobieren.«

»Dieser Blödmann«, sage ich und lege meinen Arm um ihre Schulter. »Vergiss ihn.«

Mimi sieht mich einen Moment lang ausdruckslos an. Dann presst sie ihre Hand vor den Mund. Tränen schießen in ihre Augen. Ich ziehe sie schnell um die nächste Wegbiegung. Es fehlt gerade noch, dass Nicolas mitbekommt, wie sie in Tränen ausbricht.

»Ich war mir so sicher, dass er mich auch gut findet«, jammert Mimi, als sie sich wieder einigermaßen beruhigt hat. »Er war immer so nett zu mir.«

Ich umarme sie, tätschele ihren Rücken und suche vergeblich nach Worten. Ich kann immer noch nicht nachvollziehen, warum sie und die anderen Mädchen so verrückt nach diesem Typen sind. Seine Witze werden auch von Tag zu Tag schlechter.

»Warum ausgerechnet Simona?« Mimi holt ein Taschentuch aus der Jeans und putzt sich die Nase. »Was findet er an ihr?«

Ich zucke mit den Schultern. Simona passt zu Nicolas, sie ist genauso uninteressant wie er. Aber diese Antwort würde Mimi auch nicht trösten, also behalte ich sie lieber für mich.

Mrs Kaprinski ist supersauer, weil wir eine Viertelstunde zu spät zum Training kommen. Ihre Laune hellt sich jedoch sichtlich auf, als Mimi ihr mitteilt, dass sie nun doch mit nach Manchester kann.

»Was ist mit dem Geburtstag?«, fragt sie nur kurz.

»Die Feier wurde verschoben«, lügt Mimi, ohne mit der Wimper zu zucken. »Ist es zu spät für die Anmeldung?«

Mrs Kaprinski tippt mit dem Zeigefinger ein paarmal gegen ihre Oberlippe. »Ich schau mal, was sich da machen lässt.« Als sie sich abwendet, streift mich ihr Blick. Wie so oft in letzter Zeit habe ich das Gefühl, dass sie mir was sagen will. Aber sie tut es nicht.

Als ich am nächsten Samstag wieder um halb neun aufwache, beschließe ich, einfach zur Ballettschule zu gehen. Mrs Kaprinski will mich zwar nicht im Kader haben, aber vielleicht darf ich ja beim Training für die Wettbewerbe zusehen.

In meiner Zeit als aktive Turnerin habe ich mir einmal den

Fuß gebrochen. Damals hat meine Trainerin mich dazu gezwungen, trotzdem zum Training zu kommen. Ich fand das superdoof, aber mein Protest war sinnlos, also setzte ich mich stundenlang auf eine Bank und sah zu, wie die anderen Handstand, Flickflack und Saltos übten. In den Wochen, bis ich wieder richtig mitmachen durfte, lernte ich mehr als im ganzen Halbjahr davor. Nur durchs Zugucken.

Grandma ist supererstaunt, als ich fertig angezogen in die Küche komme, wo Grandpa und sie gerade frühstücken.

»Was ist denn los?«, fragt sie. »Du kannst doch ausschlafen.«

»Ich will zur Ballettschule.« Ich schiebe zwei Brotscheiben in den Toaster und drücke sie nach unten. »Zum Kadertraining.«

»Zum Kadertraining?« Meine Großmutter sieht mich entgeistert an. »Ich dachte …«

»Nur zuschauen«, beruhige ich sie.

»Wollte Mrs Kaprinski, dass du kommst?«

»Nein«, sage ich. »Das ist meine Idee.«

Grandma starrt mich immer noch an. Das Misstrauen in ihrem Gesicht ist offensichtlich, aber da ist noch etwas anderes. Sie wirkt schuldbewusst. Und dafür, das wird mir gerade klar, kann es nur einen Grund geben.

»Hast du Mrs Kaprinski gesagt, dass sie mich nicht zu den Wettbewerben mitnehmen soll?«, bricht es aus mir heraus. »Du kannst es mir ruhig verraten, die Anmeldefrist ist inzwischen eh abgelaufen.«

Grandmas Augen werden schmal. Sie schnaubt verächtlich

und schüttelt den Kopf. Aber nun taucht Grandpa hinter seiner Zeitung auf und sieht sie ebenfalls an. »Hast du?«, fragt er.

Grandma greift nach ihrer Teetasse. Sie trinkt, dann stellt sie die Tasse mit einem lauten Klirren zurück auf den Unterteller.

Keine Antwort ist auch eine Antwort.

»Warum mischst du dich in mein Leben ein?«, zische ich wütend. Ich verbrenne mir die Finger, als ich die beiden Brotscheiben aus dem Toaster fummele. Grandma schiebt mir einen Teller hin, das gibt mir den Rest. Ich werfe den Toast auf den Tisch, nehme den Teller mit beiden Händen, hebe ihn hoch und bin kurz davor, ihn auf den Boden zu schmeißen. Doch plötzlich steht Grandpa neben mir und nimmt ihn mir sanft aus der Hand.

»Ich hab das alles so satt!«, schreie ich laut. Dann stürme ich aus dem Raum.

8

Ich rechne damit, dass Mrs Kaprinski mich gleich wieder nach Hause schickt, aber das passiert nicht. Ich darf mich auf einen Stuhl in der Ecke setzen und das Training beobachten.

Eigentlich gucke ich die ganze Zeit nur Mimi an. Sie tanzt so toll.

Ich bin viel kraftvoller als sie, meine Sprünge sind höher, und ich schaffe mehr Pirouetten am Stück als sie. Doch darauf kommt es nicht an, das wird mir beim Zuschauen erst so richtig klar. Jede Bewegung ist entscheidend. Ein falscher Zwischenschritt kann alles zerstören, auch wenn die Drehung davor und die Arabesquen danach perfekt ausgeführt werden.

Für mich ist das Tanzen ein Sport, bei dem man durch hartes Training immer besser wird. Bei Mimi ist es Kunst. Sie tanzt ihr Inneres nach außen. Die Enttäuschung mit Nicolas hat sie noch stärker, noch überzeugender gemacht.

Vielleicht sollte ich ihn mal mit zum Ballettraining nehmen, überlege ich. Nachdem er Mimi tanzen gesehen hat, würde ihn Simona ganz bestimmt nicht mehr interessieren.

Aber andererseits: Vielleicht ist es ganz gut, wie es ist. Ein so tolles Mädchen wie Mimi hat Nicolas doch gar nicht verdient.

Beim Wettbewerb in Bristol landet Mimi auf Platz zwei, in Manchester und Loughborough schafft sie den ersten Platz. Mrs Kaprinski ist so stolz! Nach der Preisverleihung in Loughborough umarmt sie Mimi und gibt ihr einen Kuss – ich hätte es nicht geglaubt, wenn Mimis Dad es nicht fotografiert hätte.

Als ich Grandma von Mimis Triumph erzähle, huscht ein Schatten über ihr Gesicht. Nur einen Moment lang, dann hat sie sich wieder unter Kontrolle.

»Das freut mich für Mimi«, sagt sie ruhig. »Sie hat so hart dafür gearbeitet.«

»Genau wie ich«, erwidere ich spitz. »Aber ich durfte ja nicht mit.«

Selbst Florence und Micol haben in Manchester eine gute Platzierung geschafft. Wie ich wohl abgeschnitten hätte? Ich werde es nie erfahren.

Grandma zögert einen Moment. Dann tritt sie ganz nah zu mir und nimmt mein Gesicht in ihre Hände. Ich rieche den zarten Rosenduft, den ihre Tagescreme verströmt.

»Ich tue alles nur für dich«, sagt sie leise. »Ich will dich nicht auch noch verlieren, April.«

»Warum solltest du mich denn verlieren?«, frage ich. »Mum hatte einen Verkehrsunfall. Das Ballett hat nichts damit zu tun.«

Grandma dreht sich abrupt um und geht zum Fenster, vor dem sich im Sommer duftende Kletterrosen entlangranken. Aber jetzt im Herbst sind nur kahle, stachelige Zweige zu sehen.

»Alles, was deine Mutter machte, hatte mit Ballett zu tun«, erwidert sie, den Blick nach draußen gewandt. »Und bei dir ist es dasselbe.«

Die Audition in der Royal Ballet School findet am 7. Mai statt. Zur Vorbereitung trainiert Mimi fünfmal die Woche, samstagvormittags hat sie außerdem noch Einzelunterricht bei Mrs Kaprinski.

Auch jetzt schaue ich ihr oft beim Üben zu. Wie sie sich dehnt und streckt, wie sie vom Boden abhebt und durch den Raum schwebt, ein sanftes Lächeln auf den Lippen. Einzig ihr nass geschwitztes Trikot und die glühenden Wangen verraten, wie anstrengend das Ganze ist.

Zur Aufnahmeprüfung in London werden ihre Eltern sie begleiten – und Amanda und ich dürfen auch mit.

Ich fiebere dem Termin entgegen. Die Royal Ballet School ist die Akademie, die auch meine Mutter besucht hat. Es ist natürlich total absurd, aber irgendwie habe ich das Gefühl, dass ich ihr dort näherkommen könnte.

Mimis Audition ist am Samstag, wir wollen schon am Freitag nach London fahren, damit das Ganze nicht so hektisch wird.

Während des Abendessens am Donnerstag klingelt mein Telefon.

Eigentlich sind Handys am Tisch strikt verboten, aber als Mimis Name auf dem Display erscheint, nehme ich den Anruf an.

»Kannst du bitte herkommen?« Mimis Stimme klingt so verzweifelt, dass ich sie fast nicht erkenne. Ich lege mein Besteck weg und stehe sofort auf.

»Bin schon unterwegs.«

»Gut, dass du da bist, April.« Mimis Mum begrüßt mich mit einem erleichterten Lächeln. »Mimi ist total durchgedreht.«

»Was ist denn passiert?«, frage ich erschrocken.

»Sie will nicht nach London.« Mimis Mutter schüttelt den Kopf. »Totales Lampenfieber, wenn du mich fragst.«

Ich öffne Mimis Tür behutsam und betrete das Zimmer auf Zehenspitzen, als würde ich eine Schwerkranke besuchen. Der Raum ist dunkel, nur auf dem Nachttisch brennt eine schummrige Lampe. Mimi liegt auf dem Bett, die Hände unter dem Nacken verschränkt, und starrt an die Decke.

»Hi, Süße«, sage ich leise. »Was ist denn los?«

»Nicolas ist los«, antwortet eine kräftige Stimme, die eindeutig nicht Mimi gehört. Ich stoße einen überraschten Schrei aus.

Amanda hockt im Schneidersitz am Fußende des Bettes.

»Ich hab dich gar nicht gesehen«, sage ich. »Was ist mit Nicolas?«

»Wir sind zusammen«, erwidert Mimi.

»Wie bitte? Und was ist mit Simona?«, frage ich.

»Das ist vorbei«, sagt Amanda.

»Und was hat das mit der Audition zu tun?«, frage ich.

Mimi dreht sich auf die Seite und sieht mir tief in die Augen.

»Ich fahr nicht hin. Ich will nicht nach London. Nicolas und ich – das ist jetzt viel wichtiger.«

»Das ist nicht dein Ernst.« Ich muss mich auf den Bettrand setzen, weil meine Beine total weich sind. »Du hast jahrelang für London trainiert. Es war immer dein Traum, in die Royal Ballet School zu kommen.«

»Jetzt hab ich eben einen anderen Traum«, erklärt Mimi ungerührt.

Amanda und ich reden wie verrückt auf sie ein. Aber es ist sinnlos. Mimi ist stur wie ein Esel. Nicolas ist ihre große Liebe, wiederholt sie ständig aufs Neue. Nichts kann sie voneinander trennen.

»Wir können doch wenigstens mal hinfahren und uns die Schule angucken«, sagt Amanda. »Ich hatte mich so auf den Ausflug gefreut.«

Mimi setzt sich mit einem Mal aufrecht hin und runzelt die Stirn.

»Fahrt doch einfach hin«, sagt sie. »Das Hotel ist gebucht, wir können nicht mehr stornieren.«

»Aber was sollen wir in London, wenn du nicht tanzen willst?«, fragt Amanda.

»April macht an meiner Stelle bei der Audition mit.« Mimis Augen leuchten plötzlich auf. »Das ist *die* Idee.«

Einen Moment lang herrscht Totenstille im Raum. Ich

höre meinen eigenen Herzschlag in meinen Ohren. Dann sagt Amanda genau das, was ich denke: »Das geht doch nicht. Oder?«

»Natürlich geht das. Vielleicht nehmen sie dich sogar, April.« Mimi springt von ihrem Bett auf und rennt an mir vorbei zum Schreibtisch. Sie schnappt einen Umschlag und drückt ihn mir in die Hand. »Da ist alles drin. Meine Anmeldung und die Uhrzeiten und was du sonst noch brauchst. Eure Zugtickets habt ihr ja schon.«

»Okay«, sagt Amanda langsam. »Aber die merken doch, dass April nicht du ist. Du musstest doch ein Video einschicken, oder?«

»Jeder musste ein Video einschicken«, sagt Mimi. »Da tanzen tausend Leute vor. Die Prüfer können sich unmöglich jedes Gesicht merken.«

Mein Herz hämmert jetzt so laut, dass ich nicht mehr klar denken kann. »Was ist, wenn du es nächstes Jahr doch noch mal versuchen willst?«, frage ich. »Dann denken die, dass du schon mal durchgefallen bist.«

»Na und?« Mimi lässt sich wieder auf ihr Bett plumpsen. Sie dreht sich auf den Bauch, stützt ihr Gesicht in die Hände und lächelt mich an. »Man kann sich mehrmals bewerben, die sehen es sogar gerne, wenn es Leute immer wieder probieren.«

»Und wenn sie April nehmen?« Amandas Stimme klingt atemlos. »Dann kommt die Wahrheit auf jeden Fall raus.«

»Die nehmen mich nicht«, sage ich, bevor Mimi etwas erwidern kann. »Ich bin noch lang nicht so weit.«

»Dann ist doch alles klar.« Mimi grinst. »Fahrt nach London. Schaut euch die Schule an, das wird bestimmt ein super Spaß!«

9

Als unser Zug in Victoria Station einfährt, glühen Amandas Wangen, als ob sie den ganzen Weg von Mulchester nach London gerannt wäre. Sie ist so aufgeregt, dabei bin ich es doch, die am nächsten Tag vortanzen muss. Aber ich bin total ruhig.

Seit mir Mimi gestern den Umschlag mit den Unterlagen in die Hand gedrückt hat, hab ich das Gefühl, dass mich das Ganze gar nichts angeht. Als ob ich in einem Kino sitze und Amanda und mir dabei zusehe, wie wir zur Audition fahren.

Wir haben niemandem erzählt, was wir vorhaben. Meine Großeltern und Amandas Eltern denken, dass wir mit Mimis Familie unterwegs sind. Hoffentlich begegnen sie sich nicht zufällig in der Fußgängerzone oder im Supermarkt, das wäre echt ungünstig.

»Da hinten geht's zur U-Bahn.« Amanda zeigt auf ein Schild unter der Decke der Bahnhofshalle – ein roter Kreis mit blauem Balken, auf dem mit weißer Schrift *Underground* steht. Die U-Bahn-Tickets haben wir schon. Wir müssen acht

Stationen mit der District Line fahren, bei Putney Bridge aussteigen, und danach geht es mit dem Bus zum Richmond Park. Mitten im Park liegt die White Lodge, in der die Junior School der Royal Ballet Academy untergebracht ist.

Es beginnt bereits zu dämmern, als wir aus dem Bus steigen. Hinter dem schmiedeeisernen Tor zum Park wabert Nebel. Der Kiesweg, der ins Innere der Grünanlage führt, verschwindet im weißen Dunst. Ich denke an meine Mutter, die hier drei Jahre lang gewohnt und getanzt hat, und werde zum ersten Mal an diesem Tag ein bisschen nervös.

»Unser Hotel ist da drüben.« Amanda zieht mich am Ärmel zu einem schicken Gebäude auf der anderen Seite des Platzes.

Die junge Frau am Empfang hat ihre schwarzen Haare zu einem straffen Pferdeschwanz zusammengebunden. Als Amanda und ich bei ihr einchecken wollen, guckt sie uns misstrauisch an. »Was ist denn mit Mrs und Mr Swift, die das Zimmer gebucht haben?«, fragt sie, nachdem sie unsere Namen im Computer aufgerufen hat.

»Das sind meine Tante und mein Onkel«, sagt Amanda. »Mein Onkel, also Mr Swift, ist zu Hause bei meiner Cousine geblieben. Die sollte ja eigentlich auch mit, aber heute Morgen war ihr total schlecht, sie hat sich dreimal übergeben. Wahrscheinlich Magen-Darm.«

»Aha?« Die Hotelangestellte wirkt ein bisschen verwirrt. »Und was ist mit Mrs Swift? Kommt die noch?«

»Ja, aber erst später. Wir sind schon mal vorgefahren. Wir sind nämlich total aufgeregt.« Amanda legt ihren Arm um mich. »Meine Freundin macht morgen die Aufnahmeprüfung in der Royal Ballet School.«

Die schwarzen Augen der Frau weiten sich, sie sieht mich beeindruckt an. »Was, wirklich? Na, das ist ja toll!« Sie gibt Amanda ein Anmeldeformular. »Das könnt ihr schon mal ausfüllen. Es genügt, wenn ihr es morgen abgebt. Hier ist der Schlüssel.« Ich bekomme eine Chipkarte überreicht. »Zimmer 320. Das ist im dritten Stock. Guten Aufenthalt. Und viel Glück morgen!«

»Die machen bestimmt Ärger, wenn sie merken, dass deine angebliche Tante doch nicht auftaucht«, sage ich, als wir mit dem Aufzug nach oben fahren.

»Keine Panik«, erklärt Amanda. »Wir rufen nachher noch mal in der Rezeption an und sagen, dass sie im Stau steckt und es noch ein paar Stunden dauert.«

»Und was bringt uns das?«

»Zeit«, sagt Amanda. »Es ist schon fast acht, die werden uns bestimmt nicht mitten in der Nacht rausschmeißen. Und morgen früh checken wir ja schon wieder aus.«

Der Nebel ist verflogen, als wir am anderen Morgen aufwachen. Durch das hohe Fenster unseres Hotelzimmers strahlt heller Sonnenschein in den Raum. »Ein super Omen!«, findet Amanda.

Nach dem Frühstück ziehe ich mein Trikot an. Darüber kommen Stulpen, Pulswärmer und ein dickes Sweatshirt – warm bleiben ist alles beim Tanzen. Amanda flicht mir die

Haare und steckt sie hoch. Ich kann sie nur mit Mühe davon abhalten, die Zöpfe mit rosa Glitzersteinen zu verzieren wie die Mähne eines Zirkuspferds.

Bevor wir das Hotel verlassen, checken wir an der Rezeption aus. Der Portier nickt nur kurz, als Amanda die Schlüsselkarte über den Tresen schiebt.

»War alles in Ordnung?«, fragt er.

»Alles bestens«, sagt Amanda.

Im Richmond Park ist bereits der Frühling ausgebrochen: In den Beeten blühen Tulpen und Narzissen, die Bäume und Büsche sind mit rosa Blütenschaum überzogen, und als die White Lodge zwischen den Bäumen auftaucht, sieht sie ebenfalls aus wie eine riesige, schneeweiße Blüte. Die Vorderfront des großen Gebäudes ist mit vier Säulen verziert und einem prächtigen Balkon, zu dem eine breite Treppe hochführt.

»Das ist ja ein richtiges Schloss«, sage ich.

»Genau der richtige Ort für eine zukünftige Primaballerina«, erklärt Amanda.

Wir sind nicht die einzigen Leute im Park, überall sind Mütter und Väter mit ihren Töchtern unterwegs. Und alle gehen zielstrebig um das Gebäude herum. Amanda und ich folgen ihnen zum Haupteingang auf der Rückseite des Hauses. Wir betreten eine imposante Empfangshalle mit Marmorboden und noch mehr Säulen. An den Wänden hängen große Schwarz-Weiß-Aufnahmen von berühmten Tänzern. Bestimmt ist Mama auch dabei. Aber wir haben jetzt keine Zeit, um nach ihr zu suchen.

Die Anmeldung ist im Erdgeschoss im Sekretariat. Eine ältere Frau sucht Mimis Namen im Computer, dann guckt sie mich streng über den Rand ihrer Lesebrille an.

Meine Knie werden weich. Ganz bestimmt hat sie gerade rausgefunden, dass ich gar nicht Mimi bin.

»Erster Stock, zweite Tür links. Da sind die Umkleideräume.« Die Frau reicht mir einen Umschlag. »Eltern dürfen nicht mit hoch.«

»Ich bin aber nicht die Mutter«, sagt Amanda.

»Das sehe ich«, sagt die Sekretärin finster. »Willst du auch vortanzen?«

»Ganz bestimmt nicht«, erklärt Amanda.

»Dann musst du hier unten bleiben.« Ihre Augen wandern zurück zu mir. Wie sie mich jetzt wieder ansieht. Sie weiß alles.

»Ist noch was?«, fragt sie.

Ich schüttele stumm den Kopf.

»Dann viel Erfolg.«

Amanda zerrt mich aus dem Büro.

»Schade, dass ich nicht mitkommen kann«, sagt sie. »Ich hätte zu gerne zugeguckt.«

»Was machst du denn jetzt die ganze Zeit?«, frage ich.

»Ich geh shoppen«, sagt Amanda. »Hey, wir sind in London! Ruf an, wenn du fertig bist, dann hol ich dich ab.«

»Nun steht doch hier nicht so im Weg rum!« Eine Frau schiebt ihre Tochter an uns vorbei und wirft uns einen tadelnden Blick zu. Amanda zieht eine Grimasse. Dann lächelt sie mich an.

»Viel Glück, April. Ich meine, Mimi.« Sie umarmt mich und spuckt mir über die linke Schulter. Natürlich nicht richtig, sie tut nur so.

Ich bahne mir einen Weg durch die Eltern, die sich im Foyer von ihren Töchtern verabschieden, und gehe in den ersten Stock. Dafür, dass der Raum bereits voller Mädchen ist, ist es ziemlich still.

Ich hänge meine Jacke an einen Haken, ziehe die Schuhe aus und Schläppchen an. Und dann stehe ich auch schon vor dem ersten Problem. In den Anmeldeunterlagen sind zwei Nummern, die ich mir auf die Brust und auf den Rücken heften muss. Sicherheitsnadeln sind auch dabei. Aber wie krieg ich den Zettel auf meinen Rücken?

»Sollen wir uns helfen?«, fragt das Mädchen neben mir. Es ist dunkelhäutig und hat wunderschöne hohe Wangenknochen und lange schwarze Wimpern. 289 steht auf seiner Brust – da hat es sich die Nummer schon angesteckt.

»Gerne«, sage ich. »Wir passen perfekt zusammen.« Ich zeige ihr meine Nummer: 288.

»Dann bist du direkt vor mir dran.« Nummer 289 lacht. Ihre Vorderzähne stehen ein kleines bisschen schief, das sieht total süß aus. »Ich heiße Shasa.«

»Ich bin … äh … Mimi.« Ups. Um ein Haar hätte ich meinen richtigen Namen genannt. »Weißt du, wo wir hinmüssen?«

»In den zweiten Stock«, sagt Shasa.

Während der Zugfahrt nach London hat Amanda mir den Ablauf der Aufnahmeprüfung vorgelesen, den Mimi uns mitgegeben hat. Die Audition findet an vier Wochenenden statt – und zwar parallel in Manchester und London. Jungen und Mädchen tanzen getrennt vor. Zu jedem Termin werden hundertfünfzig Bewerber eingeladen, aus denen zehn Leute ausgewählt werden, die dann an einem fünften Wochenende gegen die anderen Auserwählten antreten müssen. Am Ende werden zwanzig Schüler aufgenommen.

Als wir über die breite Marmortreppe nach oben gehen, muss ich an meine Mutter denken. Bei ihrer Audition haben Grandma und Grandpa bestimmt vor der White Lodge auf sie gewartet und ihr die Daumen gedrückt, wie die Eltern der anderen Mädchen heute. Ich wünschte, sie wären jetzt auch hier. Aber sie haben ja keine Ahnung, dass ich vortanze.

10

In einem Vorzimmer warten wir darauf, dass die Flügeltür zum Prüfungsraum geöffnet wird. Dafür, dass sich hier hundertfünfzig Mädchen zusammenquetschen, ist es wieder erstaunlich still. Meine Augen wandern über die schlanken Gestalten, die angespannten Gesichter, die Hochsteckfrisuren. Wer von uns es wohl schaffen wird?

Eine Frau mit Dutt und einer Brille mit kantigem schwarzen Kunststoffrahmen lässt uns schließlich rein. Wir strömen durch die Tür in einen hellen, hohen Saal mit einer großen Fensterfront, die ubrigen Wande sind mit Spiegeln verkleidet, an denen Ballettstangen angebracht sind. Dadurch wirkt der Raum noch riesiger, als er ohnehin schon ist. Im Saal verteilt stehen außerdem noch mobile Stangen. Vor einer Spiegelwand ist ein langer Tisch mit vier leeren Stühlen aufgebaut. Am Fenster steht ein Klavier, daran sitzt ein junger Mann und dehnt erwartungsvoll seine Finger.

»Sollen wir nach vorn?«, fragt mich Shasa und zeigt auf den Jurytisch.

Stell dich unbedingt in die erste Reihe, hat Amanda mir wieder und wieder eingebläut, also nicke ich. Aber wir kommen nicht weit. Ein paar Mädchen drängen von hinten mit schnellen Schritten an uns vorbei. Ihre Anführerin ist eine große Blonde in einem leuchtend pinken Trikot. Im Vorbeigehen rempelt sie mich mit dem Ellenbogen an.

»Aua!« Ich bleibe irritiert stehen. Die Blonde dreht sich nicht mal um. Nur Shasa hält inne.

»Wie sind die denn drauf?«, fragt sie kopfschüttelnd.

Ich denke wieder an Mum. Ob sie sich bei ihrem Vortanzen auch in die erste Reihe gedrängt hat? Die Vorstellung gefällt mir überhaupt nicht.

»Guten Morgen zusammen.« Die Frau mit der Brille ist vor den Jurytisch getreten. Sie lächelt uns freundlich an, und ich lächele unwillkürlich zurück.

»Ich bin Mrs Turner, die Direktorin der Junior School«, stellt sie sich vor. »Ich möchte euch ganz herzlich begrüßen. Ihr könnt stolz sein, dass ihr heute vortanzen dürft. Wir hatten in diesem Jahr nämlich besonders viele Bewerberinnen, und die Auswahl war nicht einfach. Und sie wird noch viel schwerer werden. Ihr wisst ja, dass wir nur wenige von euch nehmen können.« Ihr Blick wandert durch den Saal. Ich habe das Gefühl, dass er kurz an mir hängen bleibt, und beginne sofort zu schwitzen.

»Mrs Renoir macht gleich ein Warm-up mit euch.« Mrs Turner dreht sich zu einer dunkelhaarigen Frau in einem weißen Trikot, die neben sie getreten ist. Mrs Renoir erinnert mich an die antike Porzellanpuppe, die bei uns zu Hause im Wohnzimmerregal sitzt und mit der ich nie spielen durfte. Ein zarter, sehr heller Teint, schwarze Haare und große blaue Augen. Sie ist um einiges jünger als Mrs Turner, ich schätze, sie ist Ende dreißig.

»Verteilt euch bitte auf die Stangen. Und nun wünsche ich euch viel Erfolg und Spaß und drücke allen die Daumen.« Mrs Turner hebt ihre Fäuste und nickt uns aufmunternd zu.

Die Mädchen, die sich gerade eben in die erste Reihe gedrängt haben, hasten gemeinsam zu einer Spiegelwand. Shasa und ich finden einen Platz an einer der mobilen Stangen.

»Bist du auch so aufgeregt?«, wispert Shasa mir zu und zeigt dabei ihre schiefen Vorderzähne.

Ich nicke stumm. Der Saal vibriert vor Nervosität, als wäre der Boden elektrisch aufgeladen.

»Guten Morgen und herzlich willkommen«, ruft Mrs Renoir, die einen unverkennbar französischen Akzent hat. »Erste Position bitte.«

Alle legen eine Hand auf die Stange und richten die Fußspitzen nach außen. Der Mann am Klavier beginnt zu spielen. Das Warm-up ist ganz ähnlich wie das von Mrs Kaprinski. Und es tut gut, sich endlich zu bewegen. Ich spüre, wie die Kraft in mich fließt und meine Glieder locker werden.

Wie oft Mum wohl in diesem Raum getanzt hat, überlege ich, während ich mein rechtes Bein nach oben dehne. Ob sie mich jetzt sieht, wo immer sie gerade ist? Ich atme tief ein, dieselbe Luft, die sie früher geatmet hat.

Als wir fertig sind, sind auch die übrigen Juroren eingetroffen. Ein athletischer Mann mit hoher Stirn und scharfen Falten neben dem Mund setzt sich links neben Mrs Turner, die bereits am Jurytisch Platz genommen hat. Mrs Renoir setzt sich auf die rechte Seite der Direktorin.

Mrs Turner greift zum Mikrofon, das vor ihr liegt. »Alle warm? Dann möchte ich euch die beiden weiteren Jurymitglieder vorstellen. Mr de Waal ist Lehrer für Klassisches Ballett. Und Mr Moriarty unterrichtet Contemporary Dance.«

Alle Blicke im Raum richten sich jetzt auf den jungen Mann mit ziemlich zerzaustem Haar und dunklem Bart, der als Letzter neben Mr de Waal Platz genommen hat. Er trägt ein schwarzes T-Shirt, seine muskulösen Arme sind mit verschlungenen Blumenranken tätowiert. Das ist ungewöhnlich bei einem Tänzer.

»Caspar Moriarty«, flüstert Shasa ehrfurchtsvoll.

Der Name kommt mir bekannt vor. Aber woher? Vielleicht hab ich ihn auf der Website der Schule gelesen.

Mrs Turner gibt das Mikrofon an Mr de Waal, der uns auch kurz begrüßt.

»Wir beginnen mit Stangentraining«, erklärt er dann.

Wir müssen die verschiedenen Grundpositionen einnehmen, dehnen Arme und Beine in alle Richtungen und beugen den Oberkörper nach vorn und hinten. Die Exercises werden immer schwerer, aber niemand wackelt oder schwankt oder stöhnt oder fällt um, wie es in Mrs Kaprinskis Stunden regelmäßig passiert.

Selbst bei den fiesesten Dehnübungen lächeln alle, als

säßen sie auf dem Sofa und bekämen gerade die Füße massiert. Je härter es wird, desto leichter muss es aussehen, lautet die erste Grundregel im Ballett. Und die haben offensichtlich alle Bewerberinnen verinnerlicht.

Als Mr de Waal fertig ist, sind wir nass geschwitzt. Jetzt übernimmt Mrs Renoir wieder.

Wir sollen in Dreiergruppen nach vorn treten und ein paar Sprünge machen. Das ist meine Spezialität, ich springe weiter und höher als alle anderen in meiner Ballettklasse.

Aber leider ist das hier nicht meine Ballettklasse. Im Raum sind lauter angehende Profis. Das wird mir klar, als das erste Mädchen vom Boden abhebt und wie eine Seifenblase durch den Raum schwebt. So eine Leichtigkeit haben meine Sprünge nicht.

Shasa und ich sind mit dem pinken Mädchen in der Gruppe, das mich vorhin angerempelt hat.

Mrs Renoir mustert uns der Reihe nach, als wir vortreten. An mir bleibt ihr Blick hängen. Ich schwitze sofort noch mehr als ohnehin schon. Sie hat bestimmt gemerkt, dass ich mich unter einem falschen Namen hier eingeschlichen habe, denke ich. Aber ihr Blick wandert weiter. Ich atme auf.

»Soubresaut. Entrechat. Grand Jeté«, befiehlt Mrs Renoir jetzt in perfektem Französisch. Sie ist wirklich ungeheuer blass.

Beim Soubresaut springt man aus der fünften Position gerade nach oben. Entrechat wird ebenfalls aus der fünften Position gesprungen, in der Luft werden die Fersen mehrmals gekreuzt. Und beim Grand Jeté fliegt man im Spagat durch den Raum.

Shasa fängt an. Sie stößt wie ein dunkler Vogel zweimal nach oben und dann weit durch die Luft. Danach bin ich an der Reihe. Meine Sprünge sind so hoch wie ihre, aber unpräziser. Als ich aus dem Soubresaut lande, gerate ich ein bisschen aus dem Gleichgewicht. Die Köpfe von Mrs Renoir, Mrs Turner und Mr de Waal senken sich gleichzeitig, um meine Fehler zu notieren. Nur Mr Moriarty macht sich keine Notizen. Er mustert mich nachdenklich. Vielleicht fragt er sich, wie ich es geschafft habe, hier vorzutanzen.

Nach mir ist Miss Pink an der Reihe. Sie verpatzt den dritten Sprung komplett. Bei der Landung rutscht sie aus und muss sich mit dem rechten Arm abfangen. Geknickt geht sie zurück zur Stange.

Nach den Sprüngen lässt Mrs Turner uns noch ein paar Posen einnehmen und Figuren tanzen. Dazu treten wir in Vierergruppen vor den Jurytisch. Bei der Arabesque stimmt meine Armhaltung nicht. Ich korrigiere sie schnell, aber die Prüfer haben es schon bemerkt. Wieder senken sich ihre Köpfe.

»Wir beraten uns jetzt«, sagt Mrs Turner danach. »Und dann geht es in die zweite Runde.«

Für die Hälfte von uns, denn die anderen werden gleich nach der Pause nach Hause geschickt werden. Das ist allen klar, als wir im Vorraum unsere Stulpen über die Leggins ziehen und in die Sweatshirts schlüpfen. Das Mädchen im pinken Trikot lässt sich auf eine Bank fallen, legt das Gesicht in die Hände und schluchzt. Zwei andere trösten es.

Shasa und ich holen unsere Flaschen aus den Rucksäcken und trinken.

»Das war echt hart«, sage ich.

»Es wird noch härter«, sagt Shasa, als sie die Flasche wieder zurücksteckt, »wenn wir gleich die Choreografie kriegen und sie nachtanzen müssen.«

»Falls wir überhaupt weiterkommen.« Ich denke an meinen Wackler nach dem Sprung und an die falsche Armhaltung. Und wie supergut die anderen waren. »Wie lange tanzt du eigentlich schon?«

»Ich hab mit vier angefangen«, antwortet Shasa. »Und du?«

»Noch nicht so lange«, sage ich ausweichend.

»Bestimmt flieg ich gleich raus«, murmelt Shasa, während sie nun zwei Müsliriegel aus der Tasche zieht. »Aber immerhin hab ich Caspar Moriarty live und in Farbe gesehen. Das allein war die Sache wert.«

»Wer ist der Typ eigentlich?«, platze ich heraus.

Sie sieht mich erstaunt an. »Caspar Moriarty? Du kennst Caspar Moriarty nicht? Er war hier in London an der Royal Opera und dann beim New York City Ballet. Und dann hat er mitten in der Saison hingeschmissen und ist Choreograf geworden. Er hat seine eigene Compagnie in London. *Die neue Juliet*. Sagt dir das nichts?«

»Ist das … ein Tanzstück?«

»Das ist *das* Tanzstück. Es läuft seit einem Jahr im Royal

Opera House, und jede Vorstellung ist ausverkauft. Wie alle Aufführungen von ihm. Der Typ ist einfach genial.«

Ich nicke langsam. Mrs Kaprinski empfiehlt oft Ballettaufführungen, die Mimi, Amanda und ich uns dann im Internet ansehen. Aber ein Stück von Caspar Moriarty war nie dabei, da bin ich mir sicher.

»Hier.« Shasa streckt mir einen Müsliriegel hin.

»Nee danke.« Ich bin viel zu aufgekratzt, um jetzt was zu essen.

»Nimm schon«, beharrt sie. »Du brauchst Energie. Sonst schaffst du es nicht.«

11

Als wir wieder in den Saal gerufen werden, schiebe ich den letzten Rest des Riegels in den Mund und wische mir die Krümel vom Trikot. Energie wozu? Für mich ist die Aufnahmeprüfung zu Ende, da bin ich mir ganz sicher.

Wir stellen uns in drei Reihen vor dem Jurytisch auf. Shasa und ich stehen wieder ganz hinten, aber ich habe eine gute Sicht auf Caspar Moriarty. Er unterhält sich gerade mit Mr de Waal.

Als spüre er meinen Blick, dreht er plötzlich den Kopf und sieht mich an. Ich senke sofort die Augen. Mein Magen zieht sich zusammen, und in meiner Brust beginnt es zu kribbeln. Sobald ich zu Hause bin, muss ich mir ein Stück von ihm anschauen.

Mrs Turner greift wieder zum Mikro. »Ihr seid eine starke Gruppe, die Auswahl ist uns nicht leichtgefallen. Aber wir müssen uns entscheiden.« Sie rückt ihre Brille zurecht. »Ich rufe jetzt die vierzig Nummern auf, die weitergekommen sind. Sie treten bitte nach vorn. Von den anderen müssen wir uns leider verabschieden.«

Gemeinerweise werden die Nummern wild durcheinander aufgerufen. Shasa ist die Erste. Sie greift kurz nach meiner Hand und drückt sie, bevor sie einen Schritt nach vorn macht. Nach und nach treten weitere achtunddreißig Mädchen vor. Jetzt fehlt nur noch eine.

»Und die letzte Nummer …« Mrs Turner schaut auf ihren Block. Im Saal ist es jetzt so still, dass man die Fliege summen hört, die unter der Decke herumschwirrt. »… 288«, sagt Mrs Turner.

Erst als Shasa sich zu mir umdreht und mich anstrahlt, wird mir bewusst, dass das meine Nummer ist. Ich trete neben sie, wir umarmen uns, während Mrs Turner sich bei allen Teilnehmern bedankt. Die Nichtgenannten verlassen den Raum mit hängenden Köpfen. Miss Pink ist eine von ihnen.

Die nächste Einheit leitet Mr Moriarty. Zu den wechselnden Rhythmen, die der Pianist spielt, sollen wir unterschiedliche Laufarten ausprobieren. Ein paar Minuten lang schleichen, springen und stolzieren wir kreuz und quer durch den Saal. Danach sollen wir uns erst vorstellen, dass wir an einem Seil von der Decke hängen, und dann, dass wir in einem Käfig stecken, aus dem wir uns mit Gewalt befreien müssen. Diese Aufgaben klingen nur einfach, das wissen alle. Die Juroren sind hoch konzentriert und machen sich die ganze Zeit Notizen.

»Danke schön.« Mr Moriarty setzt sich wieder, und Mr de Waal steht auf und tritt vor uns. Er klatscht in die Hände und reibt sie aneinander.

»Ihr bekommt jetzt eine kurze Choreografie von mir, die ihr dann gleichzeitig nachtanzt«, erklärt er. Seine Stimme ist viel lauter als die von Mr Moriarty, und sein Ton ist schneidend.

Die Sequenz, die wir tanzen sollen, ist alles andere als kurz. Und Mr de Waal tanzt sie nur ein einziges Mal vor. Er zeigt uns die Schritte, und wir machen sie mit, tippen mit den Fußspitzen nach links und drehen die Arme nach rechts, um uns das Ganze einzuprägen.

Normalerweise lerne ich Choreografien sehr schnell. Aber heute rattert und dröhnt mein Kopf wie unser alter Rasenmäher, bevor er endgültig den Geist aufgegeben hat. Vielleicht liegt es daran, dass ich mir die ganze Zeit wie eine Betrügerin vorkomme.

Am Anfang komme ich gut zurecht. Doch dann drehe ich eine Pirouette, während der Rest der Gruppe ein Grand Battement macht. Danach bin ich verloren. Ich versuche, mich an den anderen zu orientieren, aber ich komme nicht wieder in den Fluss und treibe wie ein Blatt im Strudel, bis die Musik endlich aufhört und alle stehen bleiben.

»Kurze Pause«, sagt Mrs Turner. »Danach kommt der letzte Teil der Prüfung. Spitzentanz.«

Schon nach fünf Minuten werden wir zurück in den Saal gerufen.

Mrs Turner liest die Nummern der zwanzig Mädchen vor, die weiterkommen.

Ich habe meine Spitzenschuhe im Beutel gelassen, der draußen am Haken hängt. Ich brauche sie auch nicht. Meine Nummer wird nicht aufgerufen.

12

Wieder ein kurzes Dankeschön, dann müssen die Ausgeschiedenen den Saal verlassen. Die anderen ziehen bereits ihre Spitzenschuhe an. Shasa, die weitergekommen ist, winkt mir traurig zu. Ich werfe ihr eine Kusshand zu. Ich hätte mich so gerne richtig von ihr verabschiedet, aber dafür ist keine Zeit. Ob wir uns wiedersehen? Ich kenne ja nicht mal ihren Nachnamen.

»Wir sind doch weit gekommen«, sagt ein Mädchen trotzig, als wir im Vorraum ankommen. »Ich finde, wir können ganz schön stolz sein.«

Aber ich fühle mich nicht stolz, als ich die Treppe nach unten zur Umkleide gehe. Ich bin traurig. Meine Mutter ist hier, in diesem Haus, in den Sälen und im Park, das spüre ich ganz deutlich. Vielleicht würde ich sie finden, wenn ich bleiben könnte.

Nächstes Jahr mache ich die Aufnahmeprüfung noch einmal mit Mimi, beschließe ich, während ich vor den Spind trete, in dem ich meine Sachen eingeschlossen habe.

»Hast du noch einen Moment Zeit?«, fragt plötzlich eine Männerstimme hinter mir.

Ich drehe mich überrascht um und sehe Caspar Moriarty, der in der offenen Tür der Umkleide steht.

»Was machen Sie denn hier?«, frage ich verwirrt. Müsste er nicht oben im Saal sein? Die Spitzenprüfung kann unmöglich schon vorbei sein.

»Ich wollte kurz mit dir sprechen. Du heißt Mimi, ist das richtig?«

»Ja.« Wieder spüre ich seinen Blick wie eine Berührung in meinem Inneren. »Was … äh … gibt es denn?«

»Komm doch bitte kurz mit.« Er dreht sich um und geht den Gang hinunter. Ich folge ihm, bis wir im ersten Stockwerk ein kleines Studio mit einer Spiegelwand betreten. »Könntest du noch mal für mich tanzen?«

Ich starre ihn an. »Jetzt?«

»Wenn es dir nichts ausmacht.« Mr Moriartys Mundwinkel heben sich ein winziges Stück. Macht er sich über mich lustig?

»Was soll ich denn tanzen?«

»Pass auf.« Er zieht seine Schuhe aus, steht für einen Moment ganz ruhig da. Dann macht er ein paar Pas Balancés und bleibt in der fünften Position stehen. Seine Arme wandern nach oben in die zweite, sein linkes Bein macht ein Tendu à la Seconde. Nun nimmt er den Fuß nach hinten, dreht sich in einer langsamen Pirouette und endet mit einer Arabesque.

»Okay?« Er sieht mich prüfend an. Ich schlucke laut.

»Noch mal«, sagt er und tanzt mir die kurze Choreografie erneut vor. »Kannst du das nachmachen?«

Ich nicke. Die Sequenz ist wirklich nicht schwer. Wenn ich nicht so aufgeregt wäre, wäre es kein Problem. Ich streife die Stulpen ab, die ich nach dem Tanzen angezogen habe, ziehe mein Sweatshirt aus und trete in die Mitte des Raums. Aber als ich anfangen will, hebt er die Hand.

»Hey«, sagt er. »Erst mal einatmen.«

Ich schließe kurz die Augen, hole tief Luft, atme langsam aus und stelle mir vor, dass da nicht Caspar Moriarty steht und mir zusieht, sondern Mum. Sie lächelt. Das hilft.

Meine Nervosität löst sich. Noch ein Atemzug, dann öffne ich die Augen, hebe die Arme und beginne zu tanzen.

»Okay«, sagt Mr Moriarty langsam, als ich fertig bin. »Kannst du das Ganze auch mit einem anderen Gefühl tanzen?«

Ich sehe ihn verständnislos an. »Wie meinen Sie das?«

»Wie meinst du das«, korrigiert er mich. »Ich bin Caspar.« Er legt den Kopf schief und mustert mich nachdenklich. »Versuch es mal mit Wut. Tanz, als ob du total sauer wärst.«

Wieder schließe ich einen Moment die Augen, um mich zu konzentrieren. Die Sequenz ist ruhig und langsam, wie soll man dabei so etwas wie Wut ausdrücken?

»Lass dir Zeit«, sagt Caspar. »Du musst es fühlen.«

Ich denke daran, wie Grandma hinter meinem Rücken verhindert hat, dass ich bei den Wettbewerben starten konnte. Dieses Gefühl, von jemandem hintergangen zu werden, dem man sein Leben lang vertraut hat, steigt in mir auf. Ich erinnere mich, wie ich in der Küche gestanden habe und den Teller auf den Boden schmeißen wollte.

In mir glimmt ein Funke auf. Ich lasse ihn lodern und warte, bis mein ganzer Körper brennt.

Diesmal hebe ich die Arme weiter nach oben und bewege mich schneller. Bei den Walzerschritten wischen meine Ballen mit lauten Zischgeräuschen über den Boden, und ich presse die Luft nach oben weg, als ich mich zum Soutenu aufrichte. Und sammele Kraft für die Pirouette. Dreimal drehe ich mich um die eigene Achse, obwohl eigentlich nur eine Drehung vorgegeben war. Aber es fühlt sich richtig an. Mit einem Sprung lande ich in der Arabesque, beide Arme nach vorn gestreckt.

Caspar nickt. Sein Gesichtsausdruck verrät nicht, ob er zufrieden, beeindruckt, enttäuscht oder genervt ist. Es ist auch egal, denke ich. Ich bin ja schon ausgeschieden.

Er gibt mir noch ein paar andere Aufgaben und sieht mit undurchdringlicher Miene dabei zu, wie ich mich drehe und springe. Es ist ganz anders als vorhin im Saal. Ich bin in mir und sehe mir nicht von außen beim Tanzen zu.

»Danke«, sagt Caspar schließlich mit einem Blick auf die Uhr.

»Wie lange tanzt du schon, Mimi?«

Ich starre betreten auf meine Fußspitzen. »Äh … erst anderthalb Jahre.«

»Anderthalb Jahre?« Seine Stimme klingt überrascht.

Ich nage an meiner Unterlippe. Vielleicht wäre jetzt auch

der Zeitpunkt gekommen, ihm zu sagen, dass ich gar nicht Mimi heiße. Aber andererseits – was für eine Rolle spielt mein richtiger Name?

»Willst du immer noch hier anfangen?«, fragt Caspar.

Ich puste eine Haarsträhne aus der Stirn, die mir beim Tanzen aus dem Dutt gerutscht ist. »Ich bin gerade rausgeflogen.«

Er nickt ungeduldig. »Willst du hier anfangen?«, erkundigt er sich erneut.

»Ja.« Meine Stimme klingt plötzlich wieder belegt. Ich spüre, wie sich meine Brust zusammenzieht. Auf einmal bin ich mir sicher, dass Caspar sich über mich lustig macht.

»Gut.« Er dreht sich um und geht zur Tür. »Kommst du mit nach oben?«

Als wir vor dem Prüfungssaal ankommen, treten gerade zehn Mädchen hinaus in den Vorraum. Sie lassen sich auf die Bänke fallen und lösen die Bänder der Spitzenschuhe.

Jetzt sind nur noch die zehn Tänzerinnen im Raum, die in drei Wochen an der Endausscheidung teilnehmen. Ich folge Caspar durch die Flügeltür in den Raum und stelle erfreut fest, dass eine von ihnen Shasa ist. Als sie mich sieht, weiten sich ihre schwarzen Augen vor Überraschung.

»Was?« Ihre Lippen formen das Wort stumm.

Ich ziehe eine Grimasse und zucke mit den Schultern.

»Auch wieder hier?«, fragt Mr de Waal halblaut, als Caspar sich neben ihm am Jurytisch niederlässt. »Wir haben unsere Auswahl bereits getroffen.«

»Ich auch«, sagt Caspar ruhig. »Ich hab mich für Mimi entschieden.«

Jetzt starren mich alle an, als ob ich gerade meinen Kopf abgeschraubt hätte und damit Ball spielen würde.

Mrs Turner steht auf.

»Herzlichen Glückwunsch euch allen«, sagt sie. »Ihr könnt stolz auf euch sein, ihr habt eine Superleistung gebracht. Die Informationen für die nächste Audition erhaltet ihr wieder per Mail.« Sie beginnt zu applaudieren, und der Rest der Jury fällt mit ein. Die Mädchen klatschen ebenfalls und umarmen sich.

Mrs Turner wünscht allen eine gute Heimreise, dann sind sie entlassen – nur ich muss noch bleiben.

Mr de Waals Kiefer mahlen. Er reibt sich die Schläfen, als habe er Kopfschmerzen. »Das ist nicht Ihr Ernst, Moriarty«, sagt er, ohne mich dabei anzusehen.

Caspar lächelt und schweigt, was Mr de Waal so aufbringt, dass er ein verächtliches Schnauben ausstößt.

Mrs Turner nimmt ihre Brille ab und massiert sich mit Daumen und Zeigefinger die Nasenwurzel. Dann setzt sie die Brille wieder auf und nickt. »Es war so abgemacht, Mr de Waal. Die Entscheidung liegt ganz bei Mr Moriarty.«

»Das ist …« Mr de Waals Augen funkeln.

»Die Regeln waren von Anfang an klar«, sagt Mrs Turner leise, aber mit einem scharfen Unterton. Sie schaut mich kurz an, dann durchsuchen ihre schlanken, langen Finger die Unterlagen, die vor ihr auf dem Tisch liegen. »Nummer 288«, murmelt sie leise. Nun richten sich ihre grauen Augen wieder auf mich. »Mimi Swift?«

Ich nicke unbehaglich. Wenn ich bloß wüsste, was hier abgeht.

»Mr Moriarty hat das Privileg, dass er sich bei der Aufnahmeprüfung einen Schüler oder eine Schülerin direkt auswählen darf. Eine Wildcard, sozusagen. Der oder die Betreffende muss das weitere Auswahlprozedere nicht durchlaufen, sondern wird direkt in die Royal Ballet School aufgenommen.«

Mr de Waal schüttelt den Kopf. Mrs Turner wirft ihm einen warnenden Blick zu, bevor sie fortfährt: »Die Aufnahme erfolgt zur Probe. Du musst im November noch einmal vortanzen, dann entscheidet das Gremium, ob du in der Schule bleiben kannst.«

Mein Herz hämmert wie verrückt. Meine Knie sind butterweich, am liebsten würde ich mich auf den Boden setzen. Das kann doch alles nicht wahr sein. Ich war draußen, und jetzt bin ich wieder drin. Dabei hab ich viel schlechter getanzt als alle anderen, das ist mir genauso klar wie Mr de Waal.

»Sind deine Eltern hier?«, fragt mich Mrs Turner. »Ich würde das Ganze gerne mit ihnen besprechen.«

Mein Herzklopfen wird noch schlimmer. Ich fühle mich wie Aschenputtel auf dem Ball, kurz bevor die Uhr Mitternacht schlägt. Im Unterschied zu Aschenputtel hab ich leider nicht rechtzeitig die Flucht ergriffen. Gleich verwandelt sich mein Ballkleid in einen Haufen Lumpen.

»Nein«, flüstere ich. »Ich bin ohne Begleitung gekommen.« Wenn man mal von Amanda absieht, die mir jetzt allerdings auch nicht helfen kann.

»Kannst du sie anrufen?«, fragt die Direktorin.

Ich schüttele den Kopf. »Ich bin gar nicht Mimi Swift.« Meine Stimme ist nur noch ein heiseres Krächzen. Ich verstehe mich selbst kaum.

»Wie bitte?« Mrs Turner rückt mit beiden Händen ihre Brille zurecht.

»Mimi ist meine beste Freundin. Sie wollte nicht vortanzen. Deshalb bin ich an ihrer Stelle gekommen.«

»Das ist ja …« Die Direktorin schließt kurz die Augen und räuspert sich. »Wie heißt du denn?«

»April O'Neill«, wispere ich.

»*Je le savais!*« Mrs Renoir starrt mich mit weit aufgerissenen, porzellanblauen Augen an. »Du bist ihre Tochter!«

13

»Ihre Tochter?« Mrs Turner sieht Mrs Renoir fragend an.

»Lara O'Neill.« Mrs Renoir zeigt mit ihrem Kugelschreiber auf mich.

Mrs Turners Blick wandert wieder zurück zu mir. »Ist das wahr?«, fragt sie. »Bist du wirklich Lara O'Neills ...?« Sie verstummt, als ich nicke.

»Wow«, sagt Caspar Moriarty.

»Die Ähnlichkeit ist frappierend«, murmelt Mr de Waal.

Jetzt stellt sich heraus, dass sie meine Mutter alle gekannt haben. Mrs Renoir, Mrs Turner und Mr de Waal erzählen, dass sie in ihrer aktiven Zeit mit ihr aufgetreten sind. Caspar hat Mum auf der Bühne gesehen, er hat sie allerdings nie persönlich getroffen.

Mr de Waal fasst sich als Erster wieder. »Wenn man dich tanzen sieht, glaubt man aber nicht, dass ihr verwandt seid«, sagt er. »Deine Technik ist grottenschlecht.«

»Ich tanze ja auch erst seit anderthalb Jahren.« Nun ist auch das heraus.

»Was?« Mr de Waal schlägt sich mit der flachen Hand gegen die Stirn und wirft mit theatralischem Stöhnen den Kopf in den Nacken.

»Wieso hast du denn erst so spät angefangen?«, fragt Mrs Turner sanft.

Ich zucke mit den Schultern. Was soll ich darauf auch erwidern? Dass ich mein Leben lang überzeugt war, dass der Tanz meine Mutter in den Tod getrieben hat? Vielleicht glaube ich es ja immer noch. Aber das gehört jetzt nicht hierher.

»Dass du vorhin grottenschlecht getanzt hast, ist dir aber schon bewusst, oder?«, erkundigt sich Mr de Waal.

»Ja«, sage ich leise. »Aber ich werde diese Chance nutzen.« Oh mein Gott. Ich höre mich an wie eine Teilnehmerin bei einer dieser Talentshows im Fernsehen.

»Okay.« Mrs Turner lässt ihre Handflächen auf den Tisch fallen und räuspert sich. »Bleiben Sie bei Ihrer Entscheidung, Mr Moriarty?«

»Absolut«, sagt Caspar.

»Dann machen wir das«, sagt Mrs Turner. »Du musst gleich ein richtiges Anmeldeformular ausfüllen, April. Ich brauche vor allem die Kontaktdaten deiner Erziehungsberechtigten. Ich werde sie in den nächsten Tagen anrufen.«

»Das sind meine Großeltern.« Beim Gedanken an Grandmas Reaktion auf die frohen Nachrichten wird mir noch flauer im Magen. Hoffentlich legt sie nicht gleich wieder auf.

Als ich den Saal verlasse, sitzt nur noch ein Mädchen im Vorraum: Shasa. Sie springt auf und fällt mir um den Hals.

»Herzlichen Glückwunsch zum Hauptgewinn, Mimi!«

Sie scheint sich wirklich zu freuen. Obwohl sie tausendmal besser tanzt als ich und es viel mehr verdient hätte, dass Caspar sie ausgewählt hätte.

Ich erzähle ihr, dass ich nur für Mimi eingesprungen bin und in Wirklichkeit April heiße und dass ich erst seit anderthalb Jahren tanze. Meine berühmte Mutter lass ich weg. Es reicht auch so.

Shasa ist platt.

»Dafür bist du echt super«, sagt sie. »Wahnsinn.«

»Ich bin erst mal nur zur Probe in der Schule«, dämpfe ich ihre Begeisterung. »Nach drei Monaten muss ich noch mal vortanzen. Und dann gibt es keine Gnade mehr.«

Sie seufzt. »Beim Ballett bist du immer in der Probezeit. Aber egal. Du hast die erste Hürde geschafft. Du bist drin, Mimi. Ich meine … April.«

»Du auch bald«, sage ich. »Im August sehen wir uns hier wieder, hundertpro.«

Grandma und Grandpa sind erst mal schockiert, als sie hören, dass ich in der Royal Ballet School angenommen wurde und schon bald nach London ziehen will. Also, vor allem Grandma ist schockiert, Grandpa trägt das Ganze mit Fassung. Doch nachdem Mrs Turner mit ihr gesprochen hat, fügt sich auch Grandma ins Unvermeidliche.

Ich gehe weiterhin fünfmal in der Woche zu Mrs Kaprinski, die unglaublich stolz auf mich ist. Mimi ist ebenfalls stolz, immerhin hat sie mich ja zum Ballett gebracht. »Ich werde dich wie verrückt vermissen!«, sagt sie.

Ich vermisse Mimi jetzt schon, Amanda und ich bekommen sie nämlich kaum noch zu Gesicht. Mimi steckt die ganze Zeit mit Nicolas zusammen. Ihr Balletttraining reduziert sie auf zwei Stunden in der Woche.

Am ersten Samstag im Juni findet in der White Lodge die Endauswahl für die neuen Schüler statt. Ich denke den ganzen Tag an Shasa, meine Hände schmerzen vom Daumendrücken. Als ich am späten Nachmittag auf dem Weg zu Amanda bin, klingelt mein Handy.

Shasa. Endlich!

Sie bricht sofort in Tränen aus.

»Es ist vorbei«, höre ich sie schluchzen.

»Was?«, schreie ich so laut, dass ein Fahrradfahrer vor Schreck fast gegen einen Baum fährt. »Das kann doch nicht wahr sein! Sind die eigentlich bescheuert? Wieso haben die dich …«

»Ich bin durch«, unterbricht mich Shasa. »Ich hab's geschafft, April.«

Nun schießen auch mir die Tränen in die Augen. »Oh mein Gott, hast du mich erschreckt.«

»Sorry. Ich bin total fertig.«

Ich wische mit dem Handrücken über meine Augen. »Du kannst dir gar nicht vorstellen, wie ich mich freue.«

»Doch«, sagt Shasa. »Weil ich mich nämlich genauso freue.«

Erst vergeht die Zeit im Schneckentempo, aber dann ist die letzte Woche vor meiner Abreise da, und plötzlich geht alles rasend schnell. Ich gebe eine Abschiedsparty, zu der Nicolas heimlich Wodka mitbringt. Die Hälfte meiner Gäste betrinkt sich, ohne dass ich was merke, und am Ende kotzt Nicolas in ein Rosenbeet. Zum Glück feiern wir bei Amanda im Garten, und meine Großeltern kriegen nichts davon mit.

Zur letzten Ballettstunde bringe ich Kuchen mit. Mrs Kaprinski schenkt mir ein neues Trikot und gibt mir einen Kuss auf die Stirn.

Amanda schenkt mir ein Nilpferd aus rosa Plüsch und weint wie verrückt. Mimi schenkt mir ihr Lieblingstrikot, und als sie mich umarmt, muss ich auch weinen.

Zwei Tage später beginnt mein neues Leben.

14

Wir sind eine winzige Klasse, gerade mal elf Schüler. Fünf Jungen, fünf Mädchen und ich, die eigentlich nicht vorgesehen war.

Es gibt drei Gruppentische im Klassenzimmer, Shasa und ich sitzen mit einem rothaarigen Jungen zusammen. Unsere Klassenlehrerin heißt Mrs Doright. Sie hat ein hübsches, rundes Gesicht, kurz geschnittene blonde Haare und ist ganz schön füllig.

»Wie ihr seht, hab ich nichts mit Ballett zu tun«, erklärt sie fröhlich, nachdem sie sich vorgestellt hat. »Ich unterrichte Englisch und Naturwissenschaften. Die Fächer sind genauso entscheidend wie der Tanz, und ich erwarte, dass ihr volle Leistung bringt. Wenn ihr Fragen oder Probleme habt oder einfach jemand zum Reden braucht, könnt ihr immer zu mir kommen.«

Sie gibt uns unseren Stundenplan, auf dem man auf den ersten Blick sieht, dass Ballett an der Schule doch wichtiger ist als die anderen Fächer. Wir haben jeden Tag vier Stunden

Tanzunterricht, auch am Samstag, unsere Schulwoche hat nämlich sechs Tage.

Morgens um acht Uhr fängt das Training an, um zehn beginnt dann der normale Schulunterricht, am Nachmittag wird wieder getanzt. Der Tag ist klar strukturiert, für alles gibt es feste Zeiten. Nach dem Abendessen stehen betreute Hausaufgaben auf dem Plan, Freizeit ist quasi kaum vorgesehen.

»Wir haben vier Stunden bei Mr de Waal«, stellt Shasa fest und zieht die Nase kraus. Sie findet ihn nämlich genauso unsympathisch wie ich.

»Und drei bei Mrs Renoir«, sage ich.

»Stimmt.« Shasas Augen leuchten auf. »Ich glaub, die ist echt nett.«

Caspars Name taucht überhaupt nicht auf dem Stundenplan auf. Er gibt nur Projektunterricht, hat uns Mrs Turner gestern bei der Begrüßung erklärt. Das bedeutet, dass Caspars Stunden gebündelt werden, sodass wir immer mal wieder mehrere Tage in Folge bei ihm haben. Er hat ja schließlich auch noch seine Compagnie, um die er sich kümmern muss.

»Hast du eine Ahnung, wann wir ihn wiedersehen?«, frage ich Shasa.

»Nee, leider nicht.« Shasa nagt an ihrem Zeigefingernagel.

»Shasa und April«, erklingt nun Mrs Dorights Stimme. »Hört ihr bitte auch mal zu?«

Wir zucken beide zusammen und blicken schnell nach vorn. Mrs Doright möchte eine Vorstellungsrunde mit uns machen.

Ein großes Mädchen mit glatten hellblonden Haaren fängt an. Es heißt Heidi und kommt aus Ohio, USA, wie man an dem breiten Akzent hören kann.

Nach ihr ist ein Junge aus Irland an der Reihe. Wylie hat rote Haare, seine Wangen und Arme sind mit unzähligen Sommersprossen überzogen.

Danach kommen Yue, Marjam, Nils, Enzo, Kaito, Zara, Dimitri und Shasa und ich. Mrs Doright schreibt alle Namen an die Tafel. Wir sind echt eine internationale Klasse. Die meisten kommen zwar aus Großbritannien, aber unsere Wurzeln liegen in aller Welt.

Um sieben klingelt unser Wecker. Das Internat ist in einem hellen Neubau hinter der White Lodge untergebracht. Der Raum, den ich mir mit Shasa teile, ist nicht sehr groß, aber mit dem Holzboden und den hellen Möbeln sehr gemütlich. Es fühlt sich komisch an, auf so engem Raum zusammenzuwohnen. Für mich jedenfalls. Shasa ist das gewohnt, sie ist mit drei Geschwistern in einem Vorort von London aufgewachsen. Allerdings ist es auch für sie zu weit, um jeden Tag nach Hause zu fahren.

Als meine Mum hier an der Schule war, gab es den Neubau noch nicht. Ihr Zimmer war im Haupthaus, unter dem Dach, das weiß ich von Grandpa. Diese ehemaligen Internatszimmer werden heute als Abstellräume genutzt.

Gähnend wälzen wir uns aus unseren Betten und stolpern verschlafen ins Badezimmer, das wir mit Zara und Yue teilen.

Die Mensa ist in einem weiteren Anbau untergebracht. Auf dem Weg in den Speisesaal stecke ich meine Haare hoch. Dabei achte ich nicht richtig auf den Weg und pralle mit einem Jungen zusammen, der gerade aus der Mensa kommt. Mir fällt meine Haarspange runter, und er lässt den Donut fallen, in den er gerade beißen wollte.

»Hoppla«, sage ich. »Sorry.«

Wir bücken uns gleichzeitig und stoßen dabei fast noch mal gegeneinander. Ich schnappe nach meiner Spange, er hebt das Gebäck vom Boden auf. Als er sich aufrichtet, sehe ich, dass er ein ganzes Stück größer ist als ich. Bestimmt ist er in einer höheren Klasse. Er hat ein markantes Gesicht, kräftige Augenbrauen, hohe Wangenknochen. Auf seiner linken Wange prangt eine zackige Narbe, er muss sich irgendwann mal ganz schön verletzt haben.

»Mist.« Der Junge starrt genervt auf den Donut, der total dreckig ist. Dann holt er aus und pfeffert ihn mit Schwung in einen Papierkorb, der etwa vier Meter entfernt ist.

»Volltreffer«, sage ich beeindruckt.

Er dreht sich wortlos um und lässt mich stehen.

»Blödmann«, sagt Shasa.

»Das war Raoul Veloso.« Zara tritt zu uns, ein zierliches Mädchen mit unglaublich langen Beinen und abstehenden Ohren.

»Wer?«, frage ich.

»Raoul hat im letzten Jahr den Yanowski-Preis für Expressive Dance gewonnen«, erklärt Zara. »Er ist *sooo* cool.« Sie verdreht schmachtend ihre großen Augen.

»Und ziemlich arrogant«, findet Shasa.

»Wer so super tanzt wie Raoul, darf auch arrogant sein.« Zara sieht Raoul immer noch sehnsüchtig nach, obwohl er inzwischen im Hauptgebäude verschwunden ist.

»Ich brauch jetzt erst mal Frühstück«, sagt Shasa.

Als wir den Übungsraum im zweiten Stock der White Lodge betreten, in dem unsere erste Ballettstunde stattfindet, sehe ich Raoul wieder. Er steht mit Mr de Waal an einem der hohen Fenster, ihre Augen sind auf ein Blatt gerichtet, das Mr de Waal in den Händen hält.

»Ist das so weit klar?«, fragt Mr de Waal.

»Glaub schon«, sagt Raoul. »Rond de Jambe par Terre oder en l'Air?«

»En l'Air«, sagt Mr de Waal. »Und dann Schritt, Schritt, Grand Battement, Attitude, Arme in die erste, Plié vierte Position.«

Raoul nickt. »Okay.« Er spricht mit einem leichten spanischen Akzent.

»Dann mach mal«, sagt Mr de Waal.

»Was – jetzt?« Raoul blickt sich irritiert um. »Die Stunde fängt doch gleich an.«

Wie auf ein Stichwort erklingt im Flur der Pausengong.

Inzwischen ist unsere ganze Klasse im Ballettsaal eingetroffen. Wir drücken uns an die Wand neben der Tür, die Gesichter der anderen wirken erwartungsvoll, aber auch ein bisschen ängstlich. Wie meins vermutlich.

»Na und? Leg los, ich will sehen, ob du das Ganze wirklich

draufhast.« Mr de Waal zieht die Mundwinkel hoch, es ist mehr eine Grimasse als ein Lächeln.

»Meinetwegen.« Raoul strafft die Schultern, dann tanzt er einfach los. Es ist nur eine ganz kurze und nicht besonders schwere Sequenz, aber man spürt, welche Kraft in ihm steckt. Er könnte mühelos doppelt so hoch springen, denke ich. Er ist nicht viel älter als ich, aber er tanzt tausendmal besser.

»Alles klar.« Mr de Waal nickt. Wahrscheinlich ist das das höchste Lob, zu dem er fähig ist.

»Bis später.« Raoul nimmt das Blatt, das Mr de Waal ihm hinstreckt, und verlässt den Raum mit federnden Schritten. Er geht direkt an mir vorbei. Falls er mich wiedererkennt, lässt er sich nichts anmerken.

»Sooo«, sagt Mr de Waal gedehnt und dreht sich nun zu uns. Einen Moment betrachtet er uns schweigend, als müsste er sich erst in Erinnerung rufen, warum wir hier sind. Dann nimmt er ein Blatt aus einer Mappe, die auf dem Flügel liegt, und ruft in alphabetischer Reihenfolge unsere Namen auf. Mich nennt er als Letzte, obwohl mein Name eigentlich vor Heidi kommen müsste.

»Die Nummer elf«, sagt er, nachdem ich mich gemeldet habe. »Unsere kleine Extrawurst.«

Ich lächele ihn freundlich an. Von Idioten sollte man sich nicht provozieren lassen, sagt Grandpa immer.

»Dann wollen wir mal.« Er legt den Namenszettel aufs Klavier und sieht uns der Reihe nach an. »Ihr tanzt alle schon ziemlich lange, oder? Also abgesehen von Nummer elf natürlich.«

Alle nicken, nur ich nicht.

»Damit ist die Extrawurst im Vorteil«, fährt er fort. »Ihr könnt erst mal alles vergessen, was ihr bisher gelernt hat. Wir fangen ganz von vorne an.« Er deutet mit dem Kopf auf die Spiegelwand. »An die Stangen zum Warm-up.«

Er beginnt wirklich, als sei dies unsere allererste Ballettstunde, mit den Grundpositionen. Am Anfang dürfen wir nicht einmal die Arme dazunehmen. Und dennoch schafft es keiner, Mr de Waal zufriedenzustellen. Ich dachte immer, dass Mrs Kaprinski gnadenlos sei, aber im Vergleich zu Mr de Waal ist sie weich wie ein durchgetanzter Spitzenschuh. Wieder und wieder gehen wir in die verschiedenen Positionen, bis wir endlich alle genau so stehen, wie er es möchte.

Danach lässt er uns fünfzigmal in die Knie gehen und in Zeitlupengeschwindigkeit wieder nach oben kommen, Demi Plié, Grand Plié im Wechsel, bis uns der Pausengong endlich erlöst.

»Die Grundlagen sind entscheidend«, sagt Mr de Waal, bevor er uns entlasst. »Wenn die nicht sitzen, werdet ihr nicht weit kommen.«

Danach haben wir Variation. Das bedeutet, dass wir Solotänze aus bekannten Ballettstücken lernen. Unser Lehrer heißt Mr Novak und ist fast siebzig. Er lässt uns erst mal erzählen, was wir bisher an Variationen einstudiert haben. Ich staune, wie viel Erfahrung die anderen haben. Ich habe bisher erst ein Solo aus *La Fille mal gardée* getanzt – bei der Sommerfeier in der Ballettschule. Aber im Gegensatz zu Mr de Waal macht sich Mr Novak nicht über mich lustig.

»Das holst du im Nu auf«, sagt er und zwinkert mir zu. Ich frage mich, ob das Zwinkern eine Anspielung auf meine Mutter ist. Mr Novak hat auch sie schon unterrichtet, das hat er mir am Anfang der Stunde erzählt.

Vor dem Mittagessen gibt es noch Englisch und eine Doppelstunde Mathe, und als Shasa und ich in die Mensa gehen, bin ich so fertig, dass ich mich viel lieber ins Bett legen würde. Dabei hatten wir gerade einen halben Tag Unterricht.

Wir holen uns zwei Teller mit Nudeln und lassen uns an einem der langen Holztische nieder, die sich durch den großen Raum mit den hohen Fenstern ziehen.

»Seid ihr neu?«, fragt ein Mädchen mit glänzend glatten schwarzen Haaren und mandelförmigen Augen, das neben Shasa sitzt.

»Erster Tag«, sagt Shasa.

»Ihr Armen. Am Anfang ist es megahart.«

»Echt? Und dann?«, frage ich.

Das Mädchen schiebt sich eine Gabel Nudeln in den Mund. »Wird es noch härter«, erklärt es kauend. »Aber irgendwann macht es Spaß. Ihr dürft nur nicht aufgeben.«

»Ich kann mir nicht vorstellen, dass ich mit Mr de Waal Spaß haben werde«, sagt Shasa düster.

Das Mädchen lacht. »Die Peitsche.«

»Was?«, frage ich.

»So nennen wir ihn. Der Typ ist wirklich die Härte. Aber dafür lernt man richtig viel bei ihm. Ihr dürft ihm bloß nicht widersprechen, das kann er nicht ausstehen. Immer lächeln und die Ohren auf Durchzug stellen, wenn es allzu krass wird.«

»Na super«, knurre ich.

»Wie gesagt – er ist ein harter Knochen, aber er bringt einen richtig weit. Wen habt ihr denn sonst noch so?«

»Bei Mrs Renoir haben wir Spitzentanz und Pas de deux«, sagt Shasa.

»Das ist doch gut. Die ist supernett.« Das Mädchen stellt seinen Teller auf das Tablett und steht auf. »Ich muss jetzt los. Viel Glück! Und denkt dran: Nicht aufgeben!«

15

Am nächsten Morgen haben wir Mädchen zusammen mit den Mädchen der Parallelklasse Spitzentanz, während die Jungen zum Sprungtraining gehen.

Auch bei Mrs Renoir fangen wir ganz von vorne an. Als Erstes zeigt sie uns, wie man die Spitzenschuhe richtig anzieht und sich aus dem Plié auf die Plattform hebt. Während des Trainings geht sie von einer zur anderen, korrigiert die Beinstellung, die Arme, den Kopf. Sie ist supergenau, aber sie lobt auch viel. Und sie strahlt große Freude und Begeisterung aus. Das motiviert total.

Bei mir bleibt sie nur ganz kurz stehen, hebt meinen rechten Arm, dann mein Kinn und geht weiter zu Yue, mit der sie sich bestimmt fünf Minuten beschäftigt. Bis zum Ende der Stunde kommt sie nicht mehr zu mir zurück.

»Bei mir fängt es jetzt schon an«, sagt Shasa, als wir auf dem Pausenhof unser Brot essen.

»Was?«, frage ich.

»Na, dass es nicht nur hart ist, sondern auch Spaß macht.«

Ich lache. »Bei mir auch. Aber an die Peitsche werd ich mich nie gewöhnen.«

Nach einer Woche haben wir alle unsere Lehrer kennengelernt. In Character lernen wir Volkstänze, die in vielen klassischen Ballettstücken eine wichtige Rolle spielen. Unsere Lehrerin Mrs Droskowa hat in Compagnien auf der ganzen Welt getanzt, bevor sie sich dauerhaft in London niederließ, um in der White Lodge zu unterrichten. Ihr russischer Akzent ist so stark, dass wir manchmal echt Mühe haben, sie zu verstehen.

Von der ersten Stunde an bin ich ihre absolute Lieblingsschülerin. Das hat leider nichts mit meinem Talent zu tun, ich verdanke es nur Mum. Mrs Droskowa hat zwei Jahre mit ihr im gleichen Ensemble getanzt und ist entzückt, dass sie nun ihre Tochter unterrichten darf. Sie schwärmt der Klasse fast eine halbe Stunde lang von Lara O'Neill vor. Ganz schön nervig für die anderen. Und für mich ist es auch nicht gerade angenehm. So langsam fühle ich mich wirklich wie die personifizierte Extrawurst.

Auch von den übrigen Lehrern werde ich ständig auf Mum angesprochen. Viele haben sie persönlich gekannt, andere wollen wissen, wie sie so war, und sind enttäuscht, wenn sie hören, dass ich sie am allerwenigsten kannte.

Schon nach der ersten Woche dämmert mir, wie bescheuert die Vorstellung war, dass ich meiner Mum in der Royal Ballet School näherkommen könnte. Das Gegenteil ist der Fall. Sie verwandelt sich immer mehr in das Schwarz-Weiß-

Bild, das unten in der Eingangshalle hängt: Lara O'Neill als Giselle auf der Bühne, die Arme über den Kopf gehoben, ein strahlendes Lächeln im Gesicht. Ein Mythos.

Pas de deux, Paartanz, haben wir am Anfang nur eine Stunde in der Woche, erst später wird es Hauptfach. Mrs Renoir teilt uns jedes Mal neu ein, wir sollen uns schließlich an unterschiedliche Tanzpartner gewöhnen. Ich freu mich, wenn ich mit Wylie tanzen kann. Er ist schlaksig und wirkt auf den ersten Blick, als habe er überhaupt keine Spannung in den Armen, aber das täuscht total. Bei den Hebefiguren stemmt er mich mühelos hoch und lässt mich durch den halben Raum schweben. Dabei hat sich beim wöchentlichen Wiegen herausgestellt, dass ich ganz schön schwer bin, obwohl ich zu den kleinsten Mädchen in unserer Klasse gehöre. Allzu viel darf ich in den nächsten Schuljahren nicht zunehmen, sonst bekomme ich Probleme.

Aber auch in der zweiten Woche werde ich den Eindruck nicht los, dass Mrs Renoir sich viel weniger Zeit für mich nimmt als für die anderen Schüler. Ich bekomme so gut wie nie Korrekturen von ihr. Beim Spitzentanz gibt sie mir nur kurze Anweisungen, und in Pas de deux kümmert sie sich ausschließlich um meine Partner.

»Wieso lässt sie mich immer links liegen?«, jammere ich, als Mrs Renoir sich wieder einmal ausgiebig mit Wylies Haltung beschäftigt hat und dann zum nächsten Paar weitergegangen ist.

»Weil du so gut bist«, erklärt Wylie.

»Haha«, sage ich. »Sehr witzig.«

»Im Ernst. Ich finde, du tanzt super.«

Mein Gesicht wird rot vor Freude. Womöglich hat Wylie recht, und Mrs Renoir hat wirklich nichts an mir auszusetzen. So richtig überzeugend ist das allerdings nicht.

»Vielleicht liegt es ja an den Genen«, fährt Wylie fort. »Deine Mutter war doch auch ein Star.«

»Ich hab vielleicht ihre Beine geerbt«, sage ich. »Aber den Rest muss ich mir erarbeiten, so wie ihr auch. Und wenn Mrs Renoir mich nicht kritisiert, kann ich mich auch nicht verbessern.«

»Sei doch froh, dass sie dich in Ruhe lässt«, sagt Wylie düster. »Ich wünschte, Mr de Waal würde mich ignorieren.«

Das verstehe ich. Die Peitsche hat Wylie wirklich auf dem Kieker. Mr de Waal mäkelt ständig an ihm rum und macht sich über ihn lustig.

Ich komme dafür überraschend gut mit ihm zurecht. Mr de Waal nennt mich zwar immer noch nicht bei meinem Namen, sondern abwechselnd Nummer elf und Extrawurst. Aber das ist mir egal. Man lernt richtig viel bei ihm, da hatte das Mädchen in der Mensa wirklich recht.

Alles, was er sagt, hat Hand und Fuß. Er erkennt die Schwachstellen eines Tänzers in Sekundenschnelle.

Wann immer ich ein bisschen Zeit habe, arbeite ich daran, seine Korrekturen umzusetzen. Und spüre, wie meine Armbewegungen runder werden, meine Haltung aufrechter und meine Sprünge höher. Beim Rond de Jambe malt mein gestreckter Fuß inzwischen keinen krummen Kreis mehr in die Luft, sondern ein perfektes D.

Wylies Schwachstelle ist seine Psyche. Er hat nicht besonders viel Selbstvertrauen und außerdem schreckliches Heimweh nach seiner Familie in Irland.

Die meisten aus unserer Klasse fahren nach der letzten Stunde am Samstag nach Hause und kehren am Sonntagabend zurück in die White Lodge. Shasa, deren Familie in London wohnt, kommt sogar erst am Montagmorgen direkt in die Schule. Aber für Wylie ist der Heimweg zu weit. Er und Zara, die aus Israel kommt, bleiben das ganze Schuljahr über im Internat und fliegen nur in den Ferien nach Hause. An den Sonntagen ist es bestimmt schrecklich einsam in der White Lodge.

Ich hab Wylie schon angeboten, mit mir nach Mulchester zu kommen, aber er möchte nicht. »Dann ist Zara ganz allein«, sagt er. »Außerdem willst du doch auch deine Freunde treffen.«

Na ja, wo er recht hat, hat er natürlich recht. Die Zeit, die ich zu Hause verbringe, ist superkurz. Ich will Amanda sehen und Mimi, wenn Nicolas es zulässt. Grandma und Grandpa wollen auch noch was von mir haben, und dann muss ich natürlich trainieren.

»Es ist doch Wochenende«, sagt Grandma missbilligend, als sie am Sonntagmorgen in mein Zimmer kommt und mich am Boden findet, die Beine in der Luft zum Spagat gespreizt.

»Nur ein kleines Morgen-Stretching«, sage ich und verschweige wohlweislich, dass ich meinen Körper schon seit einer Stunde dehne.

Ich war überzeugt, dass meine Schulnoten in den Keller gehen würden, sobald Mimi nicht mehr da ist, die mich an alles erinnert und hat abschreiben lassen. Aber das Gegenteil ist der Fall. Und das liegt nicht daran, dass einem an der Royal Ballet School die guten Noten nachgeschmissen werden. Die Anforderungen sind hier sogar noch höher als an meiner alten Schule.

Seit ich mich jedoch auf mich selbst verlassen muss, passe ich im Unterricht viel besser auf. Und ich erledige meine Hausaufgaben so konzentriert und schnell wie möglich. Zeit ist kostbar, das ist mir hier sehr schnell klar geworden. Für meinen ersten Essay in Englisch gibt mir Mrs Doright eine Eins, und in Mathe schreibe ich eine Zwei, da war ich früher richtig schlecht.

Auch beim Tanzen mache ich große Fortschritte. Mir wird jedoch auch jeden Tag aufs Neue bewusst, wie weit die anderen mir voraus sind.

In Mr de Waals Unterricht, der inzwischen längst nicht mehr nur an der Stange stattfindet, lerne ich ständig Schritte, Drehungen und Sprünge, von denen ich vorher noch nie etwas gehört habe.

In der letzten Stunde am Samstag zeigt er uns eine wirklich lange Choreografie, die wir bis Montagmorgen auswendig lernen und einstudieren sollen. Dabei weiß er ganz genau, dass wir alle nach Hause fahren und kaum Zeit zum Tanzen haben.

Marjam geht nach der Stunde zu ihm. Ihre Granny wird heute siebzig und feiert ein großes Familienfest in Wales. Marjam wird den heutigen und morgigen Tag größtenteils im Auto verbringen, und auf der Geburtstagsfeier kann sie natürlich ebenfalls nicht trainieren.

»Tja«, sagt die Peitsche, als sie ihre Entschuldigung gestammelt hat. »Du musst wissen, was dir wichtiger ist. Deine Granny oder das Ballett.«

Marjam schluckt. »Es ist doch nur dieses eine Mal.«

»Und nächste Woche ist es dann etwas anderes. Aber wie gesagt: Es ist deine Entscheidung.« Mr de Waal schnappt seine Tasche und marschiert aus dem Raum, ohne sich zu verabschieden.

16

Mein Zimmer zu Hause ist viel zu klein zum Tanzen, also verdrücke ich mich gleich nach meiner Ankunft in Mulchester in den Garten und übe die Tanzschritte, bis mir fast die Beine abfallen. Irgendwann kommt Grandpa raus und wirft den Grill an. Obwohl es bereits September ist, ist es ein richtig warmer Tag.

»Lass dich von mir nicht stören«, sagt er. »Aber wenn du auf den Rost fällst, wirst du gebraten.«

»Keine Angst«, erkläre ich und dehne ein letztes Mal mein Bein nach hinten. »Für heute reicht's mir.«

»Mir auch«, sagt Amanda, die den Garten soeben durch den Hinterausgang betritt. »Und zwar für immer.«

»Was?«, frage ich.

»Ich hab genug vom Ballett«, sagt Amanda. »Hab mich gestern abgemeldet. Ich spiel jetzt Volleyball.«

»Echt?« Ich bin platt. Amanda hat nie erwähnt, dass sie sich für Volleyball interessiert. Und ich hatte immer den Eindruck, dass ihr das Ballett Spaß macht, auch wenn sie nicht die beste Tänzerin aller Zeiten ist. »Warum das denn?«

»War eher so eine spontane Idee. Ballett war gut, aber man will doch auch mal was Neues ausprobieren.«

»Und wieso ausgerechnet Volleyball?«, frage ich.

»Wieso nicht? Das Team ist echt nett, und einmal im Jahr gibt es eine Trainingswoche am Meer. Das ist doch cool.«

»Herzlichen Glückwunsch, Amanda«, ruft Grandma, die mit einem Teller voller Würstchen in den Garten kommt. »Das ist die beste Entscheidung aller Zeiten.«

»Jessica!« Mit der Grillzange in der Hand dreht Grandpa sich zu Grandma und sieht sie vorwurfsvoll an.

»Ist doch so«, sagt Grandma und schiebt ihr Kinn nach vorn.

Ich stehe auf dem Rasen, die Füße nach außen gedreht, die Knie geschlossen. Meine Wangen glühen, als hätte Grandma mir eine Ohrfeige gegeben.

»Wieso hasst sie das Ballett so sehr?«, frage ich Amanda, nachdem wir uns mit unseren Tellern in die Hollywoodschaukel verzogen haben. Amanda isst kein Fleisch, sie hat nur Kartoffeln und Gemüse auf dem Teller.

»Sie macht sich Sorgen um dich«, sagt Amanda. »Du arbeitest total hart. Das ist nicht unbedingt normal für eine Dreizehnjährige.«

»Aber es macht mir doch Spaß«, erkläre ich.

»Ich weiß.« Amanda schiebt sich ein großes Stück Kartoffel in den Mund, dann beginnt sie zu hecheln, weil es so heiß ist. *»Dumuscheschihrschagen«*, nuschelt sie.

»Was?«

Amanda fächelt sich eine Weile lang Luft in den offenen Mund. »Du musst ihr sagen, dass es dir Spaß macht«, wiederholt sie, nachdem sie endlich geschluckt hat.

Ich blicke zu Grandma, die mit Grandpa auf der Terrasse sitzt und in ihrem Salat stochert. »Das versuche ich doch die ganze Zeit«, flüstere ich. »Aber sie glaubt mir nicht.«

Im normalen Ballettunterricht gibt es keine Klavierbegleitung. Die Stangenarbeit machen wir ohne Musik, danach spielen die Lehrer Musik über die Anlage. Aber als ich heute in den Ballettsaal komme, sitzt Jacob am Flügel und zieht an seinen Fingerspitzen, bis die Gelenke knacken. Jacob ist der Korrepetitor in der Junior School – so nennt man die Pianisten, die die Tänzer beim Proben live begleiten. Er studiert Musik am Konservatorium und wenn er im Übungssaal erscheint, wissen wir, dass es ernst wird. Also noch ernster, als es bei Mr de Waal ohnehin schon ist.

Nach dem Warm-up setzen wir uns in einer Reihe an die Wand. Mr de Waal ruft uns nacheinander zum Vortanzen auf. Als Erster ist Nils an der Reihe, der sich einigermaßen durch die Choreografie wurschtelt. Seine Sprünge sind nicht besonders sauber ausgeführt, und beim Changement landet er auf dem falschen Fuß.

Mr de Waal lässt ihn alles noch mal wiederholen, beim zweiten Mal klappt es ein bisschen besser. Er entlässt ihn mit heruntergezogenen Mundwinkeln.

Danach bin ich dran. Schon als ich aufstehe, spüre ich, wie die Kraft meinen Körper durchströmt. Ein Blick zu Jacob, der seine Finger verschränkt und die Handflächen nach oben biegt. Dann beginnt er zu spielen.

Ich stelle mich auf die Zehenspitzen. Die Choreografie fängt langsam und gefühlvoll an und geht danach in ein schnelles Allegro über. Ich drehe mich in einer Reihe von Chaînés und beende die Übung in einer eleganten Attitude.

»Nummer elf gibt alles, um keine Extrawurst zu bleiben.« Mr de Waal bleckt die Zähne, ich grinse zurück. »Technisch alles andere als perfekt, aber es geht in die richtige Richtung.«

Ich weiß, dass er zufrieden mit mir ist.

Marjam macht ihre Sache ebenfalls richtig gut. Als sie fertig ist, nickt Mr de Waal.

»Sie ist nicht nach Wales gefahren«, flüstert mir Zara zu, die neben mir sitzt. »Sie war hier und hat die ganze Zeit trainiert.«

»Was?« Der Hauch von Sympathie, den ich gerade noch für Mr de Waal empfunden habe, ist wieder verflogen. Marjam hat den Geburtstag ihrer Granny verpasst, weil die Peitsche sie so unter Druck gesetzt hat. Dabei hätte sie doch auch ein paar Tage später vortanzen können. Was für ein Blödmann.

Wylie wird als Nächster aufgerufen. Er sieht blass und elend aus, als er in die Mitte tritt. Ist er vielleicht krank?

Jacob spielt die ersten Akkorde, Wylie hebt die Arme in die vierte Position, dann streckt er den linken Fuß nach oben. Das Lächeln auf seinem Gesicht wirkt total künstlich. Ich halte unwillkürlich den Atem an, meine Hände verkrampfen sich. Komm schon, Wylie! Zeig es ihm! Lass dich nicht unterkriegen.

Aber meine positiven Gedanken kommen nicht an. Wylie bewegt sich ohne Kraft und ohne Überzeugung. Dabei bin ich mir absolut sicher, dass auch er das ganze Wochenende lang geübt hat.

Nach dem Adagio klatscht Mr de Waal in die Hände. »Danke«, sagt er angewidert.

Jacob hört auf zu spielen. Wylie bleibt erschrocken stehen. »Soll ich noch mal anfangen?«

»Nee.« Die Falten neben Mr de Waals Mund sind tief. »Reicht.«

»Aber …«

»Weg.« Mr de Waal wedelt mit der Hand hin und her, als wolle er eine lästige Fliege verscheuchen.

Wylie geht mit hängendem Kopf zurück zu seinem Platz. Dabei wischt er sich verstohlen mit dem Handrücken übers Gesicht.

»Heulst du etwa?«, fragt die Peitsche so verächtlich, dass mir ganz kalt wird. »Raus mit dir, aber schnell. Das kann man ja nicht mit ansehen.«

Wylie beschleunigt seine Schritte, er läuft mit gesenktem Kopf zur Tür. »Was soll man mit so einer Memme anfangen?«, fragt Mr de Waal Jacob, der ein bisschen unbehaglich lächelt.

»Ballett ist harte Arbeit«, wendet die Peitsche sich dann an uns. »Wer nur ein bisschen rumhüpfen will, sollte zu Ikea ins Bällebad fahren.«

Ein paar von uns lachen nervös. Ich presse die Lippen aufeinander. In mir beginnt etwas zu blubbern, dann zu brodeln. Ich umklammere meine angezogenen Beine mit den Armen und versuche, mich zusammenzureißen. Nicht ausrasten, bloß nicht ausrasten.

»Gut.« Mr de Waal kritzelt etwas in sein Notizbuch, klappt es zu und knallt es auf den Flügel. »Weiter im Text. Heidi, du bist die Nächste.«

Vor meinen Augen flackert es, das Blut rauscht in meinen Ohren. Die Wut muss raus, sonst zerreißt sie mich. Es sind nicht nur Mr de Waals Gemeinheiten und Schikanen, die in mir hochkochen. Ich denke auch an meine Grandma, die alles ablehnt, was mich ausmacht. An meine Mum, die mich verlassen hat, bevor ich sie richtig kennenlernen konnte.

»Wieso sind Sie eigentlich so gemein?«, bricht es aus mir heraus. Meine Stimme gellt laut und wütend durch den Raum.

Die Peitsche hebt überrascht den Kopf und blickt mich an.

17

Mr de Waals Adamsapfel wandert auf und ab. Im Ballettsaal ist es so still, dass ich hören kann, wie er schluckt.

»April?«, fragt er gefährlich leise. Wow, er nennt mich zum ersten Mal bei meinem Namen.

Mir fällt plötzlich wieder ein, was das Mädchen am ersten Tag in der Mensa zu uns gesagt hat. Ihr dürft ihm bloß nicht widersprechen, das kann er nicht ausstehen.

Mir doch egal.

»Wylie ist ein richtig guter Tänzer.« Meine Stimme zittert vor Wut. »Aber das interessiert Sie gar nicht. Sie wollen nicht sehen, was er kann, Sie wollen ihn demütigen und quälen. Bis er aufgibt.«

Mr de Waal spreizt seine Finger, dann ballt er die Hände zu Fäusten. Einen Moment lang hab ich Angst, dass er auf mich losgeht. Stattdessen dreht er sich abrupt um, geht mit großen Schritten zur Tür und verlässt den Raum.

Ich bin mir sicher, dass er gleich wieder zurückkommt. Und dass er mich dann richtig fertigmacht. Aber das passiert nicht.

»Tja, also.« Nach einer Weile lässt Jacob seine Finger wieder knacken. »Ich denke mal, das … äh … war's für heute.«

Den ganzen restlichen Tag warte ich darauf, dass Mr de Waal mich zu sich ruft. Oder dass Mrs Turner mich ins Direktorat bestellt und zur Rede stellt.

»Du musst zu ihm und dich entschuldigen«, beschwört mich Shasa. »Vielleicht kannst du ihn dann noch irgendwie besänftigen.«

Ich schüttele stumm mit dem Kopf. Ich werde mich nicht entschuldigen. Lieber lass ich mich von der Schule schmeißen.

Am nächsten Tag haben wir die Peitsche erst am Nachmittag. Als ich den Ballettsaal betrete, zittere ich vor Aufregung am ganzen Körper. Zur allgemeinen Verblüffung tut Mr de Waal so, als sei nichts geschehen. Er behandelt uns streng und gnadenlos wie immer. Aber er geht mit keinem Wort auf meinen Ausbruch ein.

Nur eine Sache hat sich geändert. Er nennt mich nur noch April.

In der zweiten Septemberwoche haben wir einen Workshop in Contemporary Dance. Shasa und ich haben diesen drei Projekttagen bei Caspar Moriarty regelrecht entgegengefiebert, und wir werden nicht enttäuscht.

Der Workshop macht riesigen Spaß. Für mich ist es die erste Erfahrung in zeitgenössischem Tanz. Es ist ganz anders als alles, was ich bisher gelernt habe. Die Bewegungen bauen zwar auf dem klassischen Ballett auf, aber sie werden durch viele Elemente aus dem Jazztanz und Modern Dance ergänzt. Die Choreografien, die Caspar uns vorstellt, sind nicht streng festgelegt, sondern werden während des Tanzens entwickelt. Eigentlich improvisieren wir die ganze Zeit.

Inzwischen hab ich mir alle Inszenierungen von Caspar angesehen, die im Internet zu finden sind. Shasa hat recht: Seine Arbeit ist wirklich faszinierend. Und total verrückt. Manchmal wirken seine Tänzer auf der Bühne gar nicht mehr wie Menschen, sondern wie exotische Vögel oder bunte Fische, die durch die Luft schweben. Die Schwerkraft spielt in seinen Stücken wie in unserem Workshop eine wichtige Rolle. Einen halben Tag sind wir nur damit beschäftigt, uns auf den Boden fallen zu lassen.

Es ist superanstrengend. Nach dem ersten Tag tut mir jeder einzelne Muskel weh. Vor dem Schlafengehen massieren Shasa und ich uns gegenseitig.

»Schade, dass wir ihn nur so selten haben«, seufzt Shasa, während sie meine Oberschenkel knetet.

»Das stimmt.« Meine Stimme klingt dumpf, weil ich meine Stirn auf die überkreuzten Arme gelegt habe.

»Das Beste ist, dass wir bei ihm so sein können, wie wir sind«, murmelt Shasa.

Ich weiß genau, was sie meint. Beim klassischen Ballett kommt es darauf an, dass alle möglichst gleich aussehen und sich absolut simultan bewegen. Tänzerinnen haben grundsätzlich lange Beine, lange Haare, sind dünn und so gut wie immer weiß.

Für Caspar spielt das Aussehen keine Rolle. Er will Tänzer mit Charakter und Persönlichkeit.

Am letzten Tag bittet mich Caspar, noch zu bleiben, nachdem er sich von den anderen verabschiedet hat.

»Setz dich.« Caspar zeigt auf den Klavierhocker. Er selbst lehnt am Fensterbrett. »Wie fühlst du dich?«

»Super.« Ich ziehe eine Jogginghose über meine Leggins, damit ich nicht auskühle. »Der Workshop hat total Spaß gemacht.«

Er hebt die Brauen. »Ich meinte eigentlich ... generell an der Schule. Kommst du zurecht?«

»Ich glaube schon.« Ich lasse meine Spitzenschuhe an den Bändern vor mir hin- und herpendeln. Die Plattform am linken Schuh ist schon durchgetanzt. Dabei trage ich die Schuhe erst seit zwei Tagen. Inzwischen vernichte ich zwei Paare Schuhe in der Woche, und jedes kostet fünfzig Pfund. Und dazu kommen noch die Schulgebühren. Meine armen Großeltern.

»In sechs Wochen wird es ernst«, sagt Caspar.

Ich lasse die Spitzenschuhe abrupt auf den Boden sinken. Meine Kehle ist ganz eng. Das Vortanzen. Ich habe den Gedanken daran bisher, so gut es ging, verdrängt. Aber ich bin ja nur zur Probe an der Schule angenommen. In sechs Wochen fällt die Entscheidung, ob ich bleiben kann.

»Wir haben gestern im Gremium über die Audition gesprochen. Du wirst keine Standardprüfung ablegen, sondern sollst eine kleine Variation vorbereiten.«

»Eine Variation?« Ich hab doch überhaupt keine Erfahrung mit Solostücken. Es ist Monate her, dass ich auf dem Sommerfest das Solo aus *La Fille mal gardée* getanzt habe. Ich habe die Schritte längst vergessen.

Bei Mr Novak lernen wir gerade kurze Szenen aus dem *Nussknacker*. Vielleicht kann ich einfach eine davon nehmen …

»Du musst das natürlich nicht allein einstudieren«, fährt Caspar fort. »Ein Lehrer wird dich dabei unterstützen. Und du bekommst Extrazeit zum Trainieren.«

»Welcher Lehrer?«, frage ich.

»Das kannst du dir aussuchen.«

»Würdest du das machen?« Mein Herz schlägt schneller. Ich würde so gerne mit Caspar arbeiten.

»Ich habe keine Zeit, tut mir leid. Wir stehen gerade kurz vor einer Premiere.« Er reibt seinen Bart. Auf seinem rechten Handgelenk ist ein Schriftzug eintätowiert, aber ich kann ihn nicht entziffern. Er ist zu verschlungen.

»Schade.« Ich runzele die Stirn. Ob ich Mr Novak fragen soll? Er ist echt nett, aber nicht besonders inspirierend. Ich brauche jemanden, der mich pusht. Und da kommt eigentlich nur ein Lehrer infrage.

»An wen denkst du?«, fragt Caspar.

»An Mr de Waal.«

Er sieht mich perplex an, als hätte ich Popeye gesagt oder Micky Maus. »Was? Nee.«

»Aber er ist wirklich …«

»Frag Julie«, unterbricht Caspar mich.

»Julie?«

Er lächelt. »Mrs Renoir. Sie ist richtig gut. Sie hilft dir bestimmt.«

Ich starre auf die Spitzenschuhe vor mir. Mrs Renoir ist ganz ohne Zweifel eine tolle Lehrerin. Doch seit ich an der Schule bin, hat sie noch keine vier Sätze mit mir geredet. Ich komm einfach nicht an sie ran. Aber vielleicht würde ein Einzeltraining bei ihr alles ändern.

»Okay«, sage ich, »ich frag sie.«

Ich beschließe, die Sache sofort in Angriff zu nehmen. Mrs Renoir unterrichtet gerade unsere Parallelklasse. Wenn ich mich beeile, erwische ich sie noch, bevor sie geht.

Ich muss vom Pavillon hinter der Mensa, wo der Workshop stattgefunden hat, ein Stück übers Gelände laufen, um zur White Lodge zu kommen. Der Abend ist ziemlich kühl, und ich habe keine Jacke dabei. Ich ziehe die Kapuze meines Hoodies über den Kopf und haste über den Kiesweg.

»Hi, April!« Wylie steht mit dem Rücken zu einer Parkbank am Wegrand. Er hat seinen linken Fuß auf die Sitzfläche gestellt und macht mit dem rechten Bein Kniebeugen. »Wir haben gerade von dir gesprochen.«

»Wir?« Jetzt bemerke ich Raoul, der neben der Bank einarmige Liegestütze macht.

»Das ist April«, sagt Wylie zu ihm. »Sie hat dafür gesorgt, dass Mr de Waal nicht mehr so auf mir rumhackt.«

Raoul wirft mir einen gelangweilten Blick zu, während er seinen Körper vollkommen mühelos nach oben stemmt und wieder absenkt. Dann springt er mit beiden Füßen nach vorn und richtet sich auf. Er ist kein bisschen nass geschwitzt.

»Das hättest du auch allein geschafft«, sagt er. »Du darfst dir echt nicht so ins Hemd machen.«

»Das sagst du«, sagt Wylie. »Zu dir ist Mr de Waal ja auch nett. Aber die schlechten Schüler schikaniert er ohne Ende.«

»Du bist doch kein schlechter Schüler.« Raoul beginnt, abwechselnd mit den Füßen auf die Parkbank zu springen.

»Was wollte Caspar noch von dir?«, wendet Wylie sich wieder an mich, während er nach hinten zu seiner linken Fußspitze greift und seinen Oberschenkel dehnt.

»Ich soll für die Audition eine Variation vorbereiten«, sage ich. »Ich bin gerade auf dem Weg zu Mrs Renoir, um sie zu fragen, ob sie mit mir arbeitet.«

»Oh wow«, sagt Wylie. »Hast du dir schon ein Stück ausgesucht?«

»Nee. Irgendwelche Vorschläge? Es darf aber nicht zu schwer sein.«

»Hm.« Wylie sieht Raoul an. »Hast du eine Idee?«

»Was?« Ganz offensichtlich hat Raoul gar nicht zugehört. Er denkt auch gar nicht daran, sein Cardio-Training zu unterbrechen.

»Ich muss weiter«, sage ich. »Viel Spaß noch.«

Meine Wangen glühen, als ich auf die White Lodge zulaufe. Dieser Raoul ist so was von arrogant. Der denkt echt, er wäre etwas Besseres. Was Wylie wohl an ihm findet?

18

Der Unterricht ist bereits zu Ende. Ich erwische Mrs Renoir, als sie gerade die Tür zum Ballettsaal abschließt.

»April.« Sie sieht mich überrascht an. »Wolltest du hier rein?«

»Nee. Ich will zu Ihnen.« Ich bin außer Atem, weil ich auch die Treppe hochgerannt bin.

»Alors? Was gibt's?«

Als ich sie bitte, mir beim Einstudieren der Variation zu helfen, ist sie erstaunt. »Also, ich weiß auch nicht …« Sie zupft an den Ärmeln ihrer Wickeljacke aus zartrosa Angorawolle. »Wie kommst du denn auf mich?«

»Na ja.« So abwegig ist der Gedanke nun auch nicht. Wir haben nur drei Lehrer im klassischen Ballett, und sie ist eine davon. »Ich dachte …«

»*Bien*«, unterbricht sie mich. »Was möchtest du tanzen?«

»Keine Ahnung. Ich hab so was noch nie gemacht.«

Ich suche ihren Blick, aber ihre blauen Augen schauen über meine Schulter den Gang hinunter. Ich drehe mich unwillkürlich um, aber da ist niemand.

»Wir treffen uns morgen nach dem Unterricht in dem kleinen Übungsraum im Erdgeschoss«, sagt Mrs Renoir.

Mrs Renoir hat ein wirklich bekanntes Solostück ausgesucht: den Tanz der Zuckerfee aus Tschaikowskis *Nussknacker*.

»Sieh dir mal die Version von Elisabetta Kukowa an«, sagt sie, während sie ihr Laptop startet und den Beamer anschaltet. »Das könnte ich mir gut für dich vorstellen.«

Elisabetta Kukowa ist Primaballerina im Royal Ballet, ich habe sie einmal sogar live auf der Bühne gesehen, als Mrs Kaprinski Mimi und mich zu einem Ballettabend in die Londoner Oper eingeladen hat. Der Tanz der Zuckerfee beginnt mit anmutigen Trippelschritten und endet in schnell aneinandergereihten Drehungen. Aber als Elisabetta Kukowa auf der Leinwand herumzuwirbeln beginnt, hält Mrs Renoir den Film an. »Die Coda würde ich weglassen. Das wird sonst auch zu lang.«

»Aber ohne die Drehungen fehlt doch der Höhepunkt«, sage ich. Außerdem liegt mir das schnelle Tempo viel mehr als das Getrippel am Anfang.

»Das Ende ist zu schwer für eine Anfängerin«, sagt Mrs Renoir. »Aber du kannst natürlich auch ein anderes Stück aussuchen. Die Entscheidung liegt bei dir.«

Ich blicke auf die Leinwand, auf der Elisabetta Kukowa mitten in der Bewegung erstarrt ist. Alles in mir sträubt sich gegen diese Variation. Der Tanz der Zuckerfee ist so bekannt. Und Elisabetta Kukowa hat die Rolle unzählige Male getanzt.

Jeder wird mein Solo mit ihrem vergleichen. Da kann ich nur verlieren.

»Wie gesagt, ich will dir nichts aufdrängen.« Mrs Renoir wischt einen Fussel von ihrer Schulter, dann klappt sie das Laptop zu.

»Nein, ich finde das Stück gut«, sage ich.

Sie nickt, ohne zu lächeln. Ihr hübsches Gesicht mit den blauen Augen erinnert mich mehr denn je an Grandmas Puppe im Wohnzimmerschrank.

»Dann sieh dir bis morgen die Choreografie an«, sagt sie. »Ich schick dir den Link.«

Ich liege auf meinem Bett, Kopfhörer auf den Ohren, mein Laptop vor mir, und spiele das Video wieder und wieder ab. Irgendwann stehe ich auf und tanze mit.

Um richtig zu trainieren, ist unser Zimmer viel zu klein, aber darum geht es auch nicht. Ich kann mir die Schritte und Bewegungen besser merken, wenn mein Körper sie mitmacht.

Shasa ist nach nebenan zu Zara und Yue geflohen.

»Bist du immer noch dran?«, fragt sie, als sie wieder zurückkommt. »Ich wollte jetzt schlafen.«

Es ist schon zehn, stelle ich überrascht fest.

»Ein letzter Durchgang«, sage ich. Aber eigentlich brauche ich das gar nicht mehr. Die Choreografie ist schon in meinem Kopf.

Nun muss mein Körper sie nur noch begreifen.

Mrs Renoir und ich treffen uns jeden Abend um sechs in dem kleinen Übungsraum.

»Leg einfach mal los«, sagt sie am ersten Tag. Sie startet die Anlage und sieht mit verschränkten Armen dabei zu, wie ich durch den Raum gleite. Als das Allegro beginnt, schaltet sie die Musik ab.

»Du beendest das Ganze mit dem Croisé«, sagt sie.

»Aber das passt nicht«, sage ich. »Die Drehungen gehören doch dazu. Kann ich sie nicht einfach noch dranhängen? Man hört schließlich auch, dass die Musik noch nicht zu Ende ist.«

»Das schneiden wir zurecht«, sagt Mrs Renoir. »Es ist nicht unüblich, dass man eine Variation kürzt.«

Ich wische mit dem Fußballen über den Boden. Das Ganze gefällt mir nicht, aber ich will Mrs Renoir auch nicht verärgern. Sie ist die Lehrerin, sie hat die Erfahrung.

»Einverstanden?« Mrs Renoir massiert ihre Schläfen. Sie wirkt erschöpft, sie hat ja eigentlich auch schon lange Feierabend.

»Klar«, sage ich.

Es ist genau wie immer. Mrs Renoir gibt mir kurze Korrekturen. Das rechte Bein ein bisschen höher. Der linke Arm geht nach oben.

Aber ihre Kritik kratzt nur an der Oberfläche. Während ich die Variation wieder und wieder tanze, überlege ich, was Mr de Waal dazu sagen würde.

Er hätte mich sicher nach dem ersten Trippelschritt gestoppt. Meine Bewegungsabläufe sind unpräzise, meine Linie ist unsauber, die Dynamik stimmt auch nicht. Aber Mrs Renoir lässt mich einfach machen. Jeder Lehrer hat seine Methoden. Vielleicht will sie mir nicht zu viel vorgeben, damit ich mir das Stück zu eigen mache.

Und es klappt ja auch immer besser. Längst habe ich die Schritte so verinnerlicht, dass ich überhaupt nicht mehr darüber nachdenken muss. Selbst wenn man mich nachts aus dem Tiefschlaf rütteln würde, könnte ich die Variation auf Anhieb tanzen.

Ich übe, soviel ich kann. Bis zur Prüfung bin ich von Ballettgeschichte und Pilates befreit, um mehr Zeit für die Vorbereitung zu haben. Außerdem verkürze ich meine Mittagspause auf eine Viertelstunde und erledige meine Hausaufgaben noch schneller als sonst.

Am Montag nehme ich Shasa mit in den Proberaum und tanze ihr das Solo vor.

»Das ist aber seltsam, dass es mittendrin aufhört«, findet sie.

»Mrs Renoir findet es gut so. Die Musik schneiden wir noch zurecht.« Ich habe keine Ahnung, wie das funktionieren soll, aber Mrs Renoir hat mir versprochen, sich darum zu kümmern. »Was hältst du denn sonst davon?«, frage ich.

Shasa runzelt die Stirn. »Ich find's ganz gut. Vielleicht könntest du noch ein bisschen fließender tanzen. Deine Arme sind manchmal etwas eckig.«

Ich versuche es gleich noch mal.

Als ich fertig bin, nickt sie langsam. »Das war … besser.«

»Aber?«

»Es sieht irgendwie komisch aus, wie du nach der Arabesque über die Schulter schaust.«

»Das macht die Kukowa auch so.«

Shasa zieht ihre Nase kraus. »Ja dann … Ach, ich weiß auch nicht. Was sagt Mrs Renoir denn?«

»Nichts.« Ich seufze tief. »Das ist es ja gerade.«

»Dann wird es schon gut sein.«

Danach frage ich auch Yue nach ihrer Meinung.

Sie gibt mir so viele Tipps, dass mir der Kopf schwirrt. Rechten Arm höher, linken Arm tiefer, Fingerspitzen gestreckt, den Kopf zur Seite, die Fußspitze nach außen, nach innen, nach oben, nach unten. Hinterher bin ich vollkommen verunsichert.

Ich beschließe, auch Wylie vorzutanzen. Vielleicht kann der mich ja irgendwie aufbauen.

Im Gegensatz zu den anderen beiden schweigt er erst mal, als ich fertig bin.

»Und?«, frage ich.

»Irgendwas fehlt. Aber ich weiß nicht, was.« Er zupft ein rotes Haar von seinem Trikot und lässt es zu Boden fallen. »Frag doch mal Raoul, wie er es findet.«

»Raoul?«, wiederhole ich ungläubig.

»Das ist der Typ, der neulich mit mir im Park war«, sagt Wylie. »Er ist echt gut.«

»Ich weiß, wer Raoul ist«, stoße ich verächtlich hervor. »Aber dem tanz ich bestimmt nicht vor!«

»Warum nicht?«, fragt Wylie erstaunt.

»Der Typ ist so was von hochnäsig«, erkläre ich.

»Das stimmt nicht. Er ist total nett. Außerdem ist er …«

»… genial«, falle ich ihm ins Wort und verdrehe dabei die Augen. Dieses Wort fällt nämlich immer, wenn von Raoul die Rede ist.

»Ja, genau«, sagt Wylie. »Er hat mir schon so viel geholfen.«

Seine sommersprossigen Wangen leuchten vor Begeisterung. Ob er sich in Raoul verliebt hat? Hoffentlich nicht. Er wird ihm das Herz brechen.

»Vergiss es«, sage ich finster. »Ich schaffe es auch so.«

19

Freitagmittag begegne ich Caspar im Treppenhaus der White Lodge. Mein Herz beginnt sofort zu galoppieren, wie immer, wenn ich ihn sehe.

»Hi, April«, sagt er. »Alles klar bei dir? Wie läuft die Vorbereitung?«

»Hm.« Ich tippe ratlos mit der Fußspitze auf den Boden.

»Na, das klingt ja nicht gerade zuversichtlich. Kommst du nicht weiter?«

»Ich hab keine Ahnung.«

Caspar schaut auf seine Uhr. »Willst du es mir mal zeigen?«

»Was – jetzt?« Ich habe in fünf Minuten Englisch. Mrs Doright flippt aus, wenn man zu spät kommt. Aber wenn ich das Vortanzen vermassele, muss ich die Schule verlassen.

»Klar«, sage ich. »Ich muss mich nur schnell umziehen.«

Caspar nickt. Ich renne zu meinem Spind, hole meine Tanzsachen und verschwinde in einem der Umkleideräume. Beim Ausziehen verheddere ich mich total in meinen Leggins, weil ich so aufgeregt bin.

Als ich wieder nach oben komme, steht Raoul neben Caspar, sie unterhalten sich.

»Kennt ihr euch?«, fragt Caspar. »Das ist April. Raoul.« Er deutet erst auf mich, dann auf Raoul, der mich anschaut, als hätte er mich noch nie gesehen.

»Raoul tanzt in meinem neuen Stück mit«, erklärt Caspar.

»Wow«, sage ich.

»April wollte mir eben was zeigen«, wendet Caspar sich nun an Raoul. »Dauert nicht lang. Komm einfach mit.«

Mein Herzklopfen steigert sich zu einem wilden Trommelwirbel. Es passt mir ganz und gar nicht, dass Raoul mir beim Tanzen zusieht. Aber ich weiß nicht, wie ich das sagen soll, ohne dass es blöd klingt.

Wir gehen in den Raum, in dem ich Caspar damals schon vorgetanzt habe, bei meiner ersten Audition.

Raoul lehnt sich mit verschränkten Armen an die Wand. Die Sonne, die durch die Fenster fällt, leuchtet die Narbe auf seiner Wange aus wie ein Scheinwerfer. Meine Finger zittern, als ich die Spitzenschuhe anziehe.

»Brauchst du ein Warm-up?«, fragt Caspar und wirft wieder einen Blick auf die Uhr. Er ist in Eile, das ist offensichtlich.

»Nee, geht schon.«

Er nickt. »Sei vorsichtig«, sagt er. »Ich will mir nur einen Eindruck verschaffen, okay?«

Die Musik ist auf meinem Handy. Ich aktiviere das Display, stelle die Lautstärke auf Maximum und gebe ihm das Telefon. »Kannst du die Musik starten?«

»Gib mir Bescheid, wenn du so weit bist«, sagt Caspar. »Ganz ruhig.«

Raoul gähnt verstohlen. Ich atme ein paarmal tief durch.

»Okay«, sage ich dann.

Der Tanz der Zuckerfee beginnt mit einem zarten Klavierspiel. Ich hebe meine Fußspitzen vor dem Körper wie ein Vogel, der durch den Sumpf watet. Dann folgt eine Grande Pose mit dem rechten Bein, der linke Arm wandert nach oben, mein Blick folgt ihm. Während ich mich drehe, blicke ich zu Caspar, der die tätowierten Arme vor der Brust verschränkt hat. Er verzieht keine Miene. Ich komme auf die Zehenspitzen.

Klimperwimperim! Der Sound, der aus dem Handy kommt, ist unterirdisch, aber das ist egal. Es geht nicht um die Musik.

Es geht um meine Zukunft.

Tendu nach hinten, ein, zwei, drei, vier, fünf, sechs schnelle Schritte nach vorn. Jetzt folgen die Arabesquen, Blick über die Schulter nach hinten, wieder sehe ich zu Caspar, der sich mit der Hand übers Gesicht reibt. Ich werfe beide Beine nacheinander vor dem Körper nach oben und beuge mich anmutig nach vorn. Beim nächsten Développé stoppt Caspar die Musik.

Er senkt den Kopf und starrt auf seine schwarzen Sneakers.

Mein Herz tanzt immer noch, es dreht Pirouetten in meiner Brust. Ich versuche, tief einzuatmen, aber es geht nicht. Meine Kehle ist wie zugeschnürt.

Endlich sieht er mich an. Seine Augen sind dunkle Spiegel. Ich habe keine Ahnung, was er denkt.

»Okay«, sagt er leise. Er blickt zu Raoul, der demonstrativ auf die Uhr schaut.

»Ich weiß«, sagt Caspar.

»Ihr müsst los«, sage ich. Ich brenne darauf zu wissen, wie er den Tanz fand. Und ich habe schreckliche Angst davor. »Dann … äh … mach ich einfach so weiter?«

»Nein, April.« Caspars Ton ist auf einmal scharf. »Ganz bestimmt nicht.«

»Was?« Mir wird so schwindlig, dass ich mich an der Stange vor dem Spiegel festhalten muss.

»Das war eine Katastrophe«, sagt Caspar. »Fürchterlich. Spürst du das nicht?«

Wie er mich ansieht. Ich merke, wie mir Tränen in die Augen steigen, und dränge sie mit aller Macht zurück. Bloß nicht losheulen, das wäre das Letzte.

»Da war nichts von dir drin. Null«, sagt Caspar. »Keine Begeisterung, keine Freude, kein Ausdruck. Aber du hast so viel Leidenschaft und Kraft in dir, außerdem diese unglaubliche Wut …« Er unterbricht sich kopfschüttelnd.

»Wut?«, frage ich verwirrt. »Wo soll ich im Tanz der Zuckerfee denn Wut ausdrücken?«

»Eben«, sagt Caspar. »Die Variation ist scheiße für dich. Total ungeeignet.« Nun schaut auch er auf die Uhr. »Wir müssen echt weg.«

»Du kannst mich doch jetzt nicht so stehen lassen!« Meine Stimme klingt, als ob mir jemand den Kopf unter Wasser drückt.

Caspar legt die Hände vor dem Mund zusammen und

atmet in den entstandenen Zwischenraum. Auf einmal kann ich den Schriftzug auf seinem rechten Handgelenk entziffern. *Rose* steht da.

»Ich rede mit Julie Renoir«, sagt er dann. »Ihr braucht ein neues Konzept.«

»Die Audition ist in zwei Wochen.« Meine Stimme ist hell vor Panik.

»Ich weiß.« Er tritt neben mich, legt mir kurz die Hand auf die Schulter. Sein Blick ist genauso ratlos, wie ich mich fühle.

»Ich melde mich bei dir«, sagt er. »Wir finden eine Lösung.«

Dann geht er mit großen Schritten aus dem Raum. Raoul hebt kurz die Hand und folgt ihm.

Der Rest des Tages zieht einfach an mir vorbei, ich krieg überhaupt nichts mehr mit. Ich fiebere dem Abend entgegen, dem Treffen mit Mrs Renoir. Hoffentlich fällt ihr ein Ausweg ein. In zwei Wochen kann man doch keine neue Variation einstudieren.

Um halb sechs bekomme ich eine WhatsApp. »Kann heute Abend leider nicht«, schreibt Mrs Renoir. »Bis Montag!«

Caspar erwähnt sie mit keinem Wort. Aber vielleicht hat er sie auch noch gar nicht kontaktiert, er ist ja so im Stress.

»Was soll ich denn jetzt bloß machen?«, frage ich Shasa und Wylie. Wir haben uns zu dritt in unserem Zimmer getroffen, zur Krisensitzung.

Shasa liegt bäuchlings auf ihrem Bett und zupft an den Fransen ihrer Tagesdecke. »Kannst du seine Kritik nachvollziehen?«, fragt sie vorsichtig.

Ich nicke stumm. »Schon. Das ist ja gerade das Schlimme.« Ich denke an die Reaktion meiner Freunde, als ich ihnen vorgetanzt habe. Sie haben ebenfalls gespürt, dass da was nicht stimmte. Oder vielmehr: dass *nichts* stimmte.

Nun schweigen beide.

»Es ist, wie es ist«, sagt Wylie dann. »Du brauchst ein neues Stück.«

»Auf jeden Fall«, stimmt Shasa ihm zu. »Caspar ist in der Jury. Die Entscheidungen werden einstimmig getroffen. Wenn er gegen dich ist, war's das. Und mit der Zuckerfee lässt er dich auf keinen Fall durchkommen.«

»Was ist mit Mrs Renoir?«, fragt Shasa. »Weiß sie schon Bescheid?«

»Nein. Sie hat die Probe doch abgesagt.«

»Ruf sie an«, sagt Wylie. »Vielleicht könnt ihr euch morgen treffen. Sie wohnt nicht weit von der Schule entfernt. Wenn sie hört, was los ist, kommt sie bestimmt her. Auf jeden Fall kann sie sich schon mal Gedanken zu einer neuen Variation machen.«

»Sie hat doch schon Feierabend«, wende ich ein.

»Es brennt, April!«, sagt Shasa. »Da wird man ja wohl mal kurz anrufen dürfen.«

Ich tippe erst auf Mrs Renoirs Handynummer und dann auf das Hörersymbol.

»'allo?« Ihre Stimme klingt atemlos und gehetzt.

»Hier ist April. Ich hoffe, ich …«

»Ich bin gerade unterwegs«, fällt sie mir ins Wort.

»Hat Caspar Sie erreicht?«, frage ich.

»Quoi? Es passt gerade wirklich nicht, April. *Je suis en route.*«

»Kann ich später noch mal anrufen?«, frage ich hastig. »Es ist wirklich dringend.«

»Ich kann dich kaum verstehen«, sagt Mrs Renoir. »Aber mach dir keine Sorgen, das wird schon. Wir unterhalten uns am Montag in aller Ruhe, *d'accord*?«

Sie beendet das Gespräch, bevor ich mich verabschieden kann.

»Es war gerade schlecht«, sage ich zu den anderen. »Ich glaub, sie war im Auto oder so.«

»Hat sie mit Caspar gesprochen?«, fragt Shasa.

Ich lass mich nach hinten auf mein Bett fallen, den Blick zur Decke gerichtet, an die Shasa ein Plakat von Misty Copeland gepinnt hat. »Ich glaub nicht.«

»Schreib ihr, was passiert ist«, sagt Wylie. »Dann meldet sie sich bestimmt.«

Ich nicke und tippe eine lange, chaotische Nachricht auf WhatsApp.

»Hoffentlich ruft sie schnell zurück«, sage ich, als ich den Text abgeschickt habe.

20

Der nächste Tag ist ein Samstag. Am liebsten würde ich mich krankmelden, aber ich traue mich nicht. Mr de Waal würde merken, dass ich lüge, er hat einen sechsten Sinn für so was. Immer wieder checke ich verstohlen mein Smartphone, ob Mrs Renoir sich gemeldet hat. Dabei sind Handys während des Ballettunterrichts bei Todesstrafe verboten.

Mrs Renoir lässt nichts von sich hören. Ich kann auch nicht erkennen, ob sie meine Nachricht gelesen hat.

Ich stehe den Vormittag irgendwie durch und breche noch vor dem Mittagessen nach Mulchester auf. Im Zug rufe ich Amanda an und erzähle ihr von dem Vortanzdesaster bei Caspar. Jedenfalls versuche ich zu erzählen, aber nach kurzer Zeit fange ich an zu weinen und kann nicht mehr weiterreden. Der Zug ist total voll, und alle starren mich mitleidig an.

»Komm erst mal her«, sagt Amanda.

Ihre Stimme ist nüchtern und sachlich wie immer, und das beruhigt mich ein bisschen. Vom Bahnhof aus nehme ich direkt einen Bus zu ihr. Als sie die Haustüre öffnet, breche ich sofort wieder in Tränen aus. Sie legt einen Arm um meine Schulter, führt mich in ihr Zimmer und schiebt mich zum Bett, auf dem bereits Mimi sitzt.

»Was machst du denn hier?«, frage ich erstaunt.

»Amanda hat mich angerufen«, sagt Mimi. »Was ist denn bloß passiert?«

Ich lass mich rückwärts aufs Bett fallen und starre an die Decke, während ich die ganze Geschichte erzähle. »Das war's«, beende ich meinen Bericht. »Es war von Anfang an eine bescheuerte Idee mit der Royal Ballet School. Ich gehöre da nicht hin.«

»Spinnst du?« Mimi schüttelt den Kopf. »Du bist da genau richtig.«

Amanda gibt mir ein Taschentuch.

Ich putze mir die Nase.

»Wenn ich nicht aufgebe, schmeißen die mich raus.«

»Natürlich gibst du nicht auf«, sagt Amanda. Sie sitzt auf ihrem Schreibtischstuhl und guckt mich an wie eine Ärztin ihre Patientin. »Das wäre ja noch schöner.«

»Aber ich steh wieder total am Anfang. Und Mrs Renoir hat sich immer noch nicht gemeldet. Sie ist echt keine richtige Hilfe.«

»Nee«, sagt Mimi. »Sie ist das Problem. Erst hat sie dir das falsche Stück aufgeschwatzt, und dann gibt sie dir keine Kritik. Sie muss doch gesehen haben, dass du dich verrennst. Ich meine, wenn sie so gut ist, wie alle sagen. Und dann ihre Reaktion, als du sie angerufen hast.«

»Sie war unterwegs«, sage ich.

»Aber sie hätte dich ja wohl zurückrufen können.« Amanda schiebt ihre Unterlippe nach vorn. »Und auf deine WhatsApp hat sie auch nicht reagiert. Die will dich reinreiten, da bin ich mir sicher.«

»Aber warum sollte sie das tun?«

»Keine Ahnung.« Amanda rollt mit ihrem Schreibtischstuhl ganz dicht an mich heran. »Auf jeden Fall bringt sie dich nicht weiter.«

»Ich bin aber auf sie angewiesen. Ich kann die Variation nicht allein einstudieren.«

»Was ist mit Mrs Kaprinski?«, fragt Amanda. »Kann die dir nicht helfen?«

»Sie besucht gerade ihre Tochter in Australien«, sagt Mimi.

»Wenn man sie einmal braucht.« Amanda verdreht die Augen. »Okay. Dann eben dieser Peitschenmann.«

»Mr de Waal?« Ich schüttele den Kopf. »Zu spät. Der lacht mich aus, wenn ich auf den letzten Drücker zu ihm komme.« Ich stehe auf und marschiere im Zimmer hin und her. Das ist nicht ganz einfach, der Raum ist nämlich so klein, dass man nach vier Schritten vor der Wand steht.

»Okay«, sagt Mimi. »Wen gibt es sonst noch?«

Ich lehne mich mit dem Rücken an die Tür und sehe plötzlich Raoul vor mir. Das markante Gesicht mit den kräftigen Augenbrauen und den hohen Wangenknochen. Der Narbe auf der einen Wange. Er hat mir schon richtig viel geholfen, höre ich Wylie wieder sagen.

Vielleicht würde er auch mir helfen, wenn ich angekrochen

käme und ihn anflehe. Aber das mach ich ganz bestimmt nicht. Ich presse meine Kiefer so fest zusammen, dass meine Backenzähne knirschen.

»Da ist niemand mehr.«

»Dann gibt es ja wohl nur noch eine Lösung.« Mimi verschränkt ihre Arme im Nacken. »Die Prüfung muss verschoben werden.«

»Und wie soll das gehen? Willst du da anrufen und das für mich regeln?«

»Du könntest dir was brechen«, schlägt Amanda vor. »Einen Finger oder einen Zeh. Das müsste doch reichen, oder?«

Bevor ich nachfragen kann, ob das ihr Ernst ist, klingelt mein Handy. Einen Moment lang hoffe ich, dass Mrs Renoir mich doch noch zurückruft, aber es ist Grandma.

»Wo bist du, April?«, fragt sie. »Wir warten schon seit einer halben Stunde auf dich.«

»Ich war noch kurz bei Amanda«, sage ich. »Aber ich komm jetzt nach Hause.«

»Das wird schon, April«, sagt Mimi, als sie und Amanda mich zur Tür bringen. Sie klingt jedoch selbst nicht überzeugt.

Es ist das erste Wochenende, an dem ich nicht trainiere. Ich stretche nicht mal meine Beine, als wir abends zusammen fernsehen. Stattdessen esse ich abwechselnd Kartoffelchips und Gummibärchen und trinke dazu Cola.

»Alles in Ordnung mit dir?«, fragt Grandpa besorgt.

»Was soll denn nicht in Ordnung sein?«, erwidert Grandma an meiner Stelle. »Unsere Enkeltochter benimmt sich endlich mal wie ein ganz normaler Teenager. Halleluja.«

Ich lasse die Hand sinken, die ich gerade nach der Chipsschale ausgestreckt habe. In mir wallt etwas auf. Im ersten Moment halte ich es für Übelkeit, aber es ist etwas anderes.

Glühender Zorn.

Ich reibe meine fettigen Hände an meiner Jeans ab, versuche, mich zu beherrschen, aber es geht nicht.

All der Frust und Ärger und die Enttäuschung, die sich in den letzten Wochen und Monaten in mir aufgestaut haben, brechen aus mir heraus. Seit ich in der Royal Ballet School bin, hat Grandma sich kein einziges Mal nach meinen Lehrern erkundigt oder wie es mit dem Tanzen klappt. Wenn ich von meinen Klassenkameraden oder von den normalen Schulfächern spreche, hört sie interessiert zu. Aber sobald ich etwas vom Ballettunterricht erzähle, rattert in ihrem Gesicht ein Rollladen nach unten.

»Wieso bist du eigentlich kein bisschen stolz auf mich?«, zische ich sie an.

Weil es keinen Grund gibt, stolz zu sein, schießt es mir durch den Kopf. Meine Zeit in der Royal Ballet School ist vorbei. Ich habe es vermasselt. Aber davon habe ich meinen Großeltern nichts erzählt.

»Nun beruhig dich mal, April.« Grandma zieht ihre schönen geschwungenen Augenbrauen nach oben. »Natürlich sind wir …«

»Nein, ich beruhige mich nicht«, schreie ich. »Ich will endlich wissen, wieso du es nicht einfach akzeptieren kannst, dass ich tanze. Hast du Mum das Leben damals auch so zur Hölle gemacht wie mir?«

Jetzt passiert etwas ganz Erstaunliches. Von einem Moment zum anderen sackt meine Grandma in sich zusammen wie ein Gummitier, aus dem man die Luft ablässt.

Im Fernseher bricht eine Schauspielerin in hysterisches Gelächter aus. Grandpa greift nach der Fernbedienung und schaltet den Ton ab. Mit einem Schlag ist es totenstill im Wohnzimmer.

»April hat recht«, sagt mein Großvater ruhig. »Es ist wirklich an der Zeit, dass sie die ganze Geschichte erfährt.«

21

Ich starre Grandma an, die wiederum auf ihre gefalteten Hände starrt. Aus dem Augenwinkel sehe ich die Schauspieler im Fernseher stumm lachen, als machten sie sich über uns lustig.

»Also gut«, beginnt meine Großmutter schließlich. »Ich werde dir alles erzählen. Auch wenn du mich danach noch mehr hassen wirst als jetzt.« Ihre Finger sind ganz weiß, weil sie sie so ineinander verkrampft. »Es ist alles meine Schuld. Ich wollte, dass deine Mutter mit dem Ballett anfängt. Schon bevor sie geboren wurde, wollte ich das. Eine kleine Prinzessin mit einem rosa Tutu. Das war mein Traum. Und er wurde wahr. Lara war von Anfang an begeistert vom Tanzen. Sie hat so viel geübt. Genau wie du.« Grandma lächelt gedankenverloren, doch dann hebt sie die Hand und wischt das Lächeln vom Gesicht. »Ich hab sie die ganze Zeit gepusht. Wenn sie mal nicht üben wollte, hab ich auf sie eingeredet, dass sie nicht nachlassen darf. Dein Großvater hat versucht, mich zu bremsen. Aber ich hab nicht auf ihn gehört.«

»Lara hat auch nicht auf mich gehört«, sagt Grandpa. »Sie wollte tanzen. Es kam von ihr, nicht von dir.«

»Einmal hatte sie einen Wettbewerb in Dover«, fährt Grandma fort, als habe er nichts gesagt. »Am gleichen Tag fand ein Schulfest statt, das sie nicht verpassen wollte. Sie wollte nicht zu dem Wettbewerb, aber ich hab sie so lange bearbeitet, bis sie ihre Meinung geändert hat.« Sie atmet tief durch. »Sie hat dann den ersten Platz gemacht. Sie war immer die Beste.«

»Bis ich auf die Welt gekommen bin«, sage ich. »Damit war ihr Traum zu Ende. Und deiner auch.«

Grandma schweigt eine ganze Weile lang. Dann nickt sie verhalten. »Lara hat sich gefreut über die Schwangerschaft. Sie sagte, dass sie sich niemals freiwillig für ein Kind entschieden hätte. Aber du bist einfach gekommen und hast ihr die Entscheidung abgenommen. Du warst ein großes Glück für sie.«

»Und für dich?«, frage ich. »War ich für dich auch ein Glück?«

Ihr Brustkorb hebt und senkt sich, sie atmet schwer. »Ich war entsetzt, als Lara mir von der Schwangerschaft erzählt hat«, sagt sie schließlich. »Sie hatte doch so hart für ihre Karriere gearbeitet. Und dann das.« Sie greift nach ihrem Weinglas, hebt es hoch, aber anstatt zu trinken, betrachtet sie nur die dunkelrote Flüssigkeit.

»Wir haben dich von Anfang an geliebt, April«, sagt Grandpa.

»Ich hab Lara dazu gedrängt, das Casting in Paris wahrzunehmen«, sagt Grandma, die immer noch in ihr Weinglas starrt. »Ich bin schuld an ihrem Tod.«

»So ein Quatsch.« Grandpa legt seine Hand auf ihren Arm. »Der Verkehr war schuld oder ihre Müdigkeit oder Gott weiß was.«

»Ohne mich wäre sie nicht nach Paris gefahren.«

»Auch das ist Quatsch«, sagt Grandpa. »Sie wollte dahin. Sie hat immer alles gemacht, was sie sich in den Kopf gesetzt hat.«

Grandma zuckt mit den Schultern.

In meinem Kopf dreht sich alles. Grandma hat sich um hundertachtzig Grad gedreht – sie hat Mum damals unterstützt, wo immer es ging. Und mich versucht sie auszubremsen. Was meine Mutter wohl dazu sagen würde? Wenn ich sie bloß fragen könnte!

Nun hebt Großmutter erneut den Kopf und schaut mir tief in die Augen. »Grandpa hat recht, April. Du warst von Anfang an ein großes Glück für uns. Wir lieben dich so sehr. Was geschehen ist, ist geschehen, wir können die Zeit nicht zurückdrehen. Aber ich will auf keinen Fall, dass du den gleichen Fehler machst wie deine Mutter. Du darfst dein Leben nicht wegwerfen. Das ist der Tanz nicht wert.«

»Vielleicht höre ich ja auf«, sage ich leise.

»Was?« Meine Großeltern sehen mich ungläubig an.

Ich erzähle ihnen von dem missglückten Vortanzen und Caspars vernichtender Reaktion.

»Das ist ein Zeichen«, sagt Grandma. »Lass die Aufnahmeprüfung, April, und komm wieder zurück nach Mulchester.

Es gibt so viele andere Dinge, die du ausprobieren kannst und die dich viel glücklicher machen werden als das Ballett. Glaub mir, es wäre das Beste für dich.«

Am Sonntagmorgen kommen Amanda und Mimi vorbei, um mich aufzubauen. Ich erzähle ihnen von dem Gespräch mit meinen Großeltern, und sie sind genauso platt wie ich.

»Vielleicht hat deine Grandma ja recht«, sagt Mimi, die im Schneidersitz auf meinem Schreibtischstuhl sitzt.

»Du meinst, dass ich aufgeben soll?«, frage ich.

Mimi holt ein Zopfgummi aus der Jeans, dann bindet sie ihre langen blonden Haare zu einem Pferdeschwanz zusammen.

»Ich bin so verdammt froh, dass ich da nicht hin bin«, sagt sie, ohne mich dabei anzusehen. »Dieser ganze Druck und der Psychostress – das würde mich total fertigmachen. Ich muss Nicolas echt dankbar sein, dass er mich davon abgehalten hat.«

»Wenigstens etwas, wofür der Typ gut war«, sagt Amanda, die auf dem Boden hockt.

»Was soll das denn heißen?«, frage ich irritiert.

»Wir sind nicht mehr zusammen«, erklärt Mimi. »Ich hab vor zwei Wochen Schluss gemacht.«

»Was?« Ich bin total platt. Dass Mimi Nicolas zum Teufel geschickt hat, finde ich gut. Aber dass ich überhaupt nichts davon mitbekommen habe, macht mich fertig. »Was ist passiert? Ihr wart doch so glücklich!«

»Am Anfang waren wir glücklich«, sagt Mimi. »Und als er

hinter meinem Rücken mit Emma rumgemacht hat, hab ich ihm das noch verziehen.«

»Aber das mit Jazzy war zu viel«, ergänzt Amanda. »So was geht gar nicht.«

»Wieso hast du mir nichts davon erzählt?«, frage ich.

Mimi zuckt mit den Schultern und schweigt. Ich brauche auch keine Antwort. Ich war in den letzten Wochen viel zu sehr mit der Schule und dem Ballett beschäftigt, ich hab meine Freundinnen gar nicht richtig wahrgenommen.

»Jetzt weißt du es ja«, sagt Amanda.

»Ich geh nun wieder öfter zum Tanzen«, sagt Mimi. »Aber für mich ist klar, dass es ein Hobby bleibt. Vielleicht solltest du das auch mal überlegen.«

»Willst du das Ganze wirklich, April?« Amandas blaue Augen mustern mich so durchdringend, als versuchte sie, meine Gedanken zu lesen. »Das ist doch die einzig entscheidende Frage.«

Ich trete ans Fenster und blicke hinaus auf Grandmas Rosen, auf die der Regen fällt. Die Variation, die Mrs Renoir für mich ausgesucht hat, macht mir keinen Spaß. Die Zuckerfee interessiert mich nicht, sie lässt mich absolut kalt. Ich will spüren, was ich tanze. Und ich will ausdrücken, was ich spüre. Darum geht es mir. Und dafür will ich in der Royal Ballet School bleiben.

Ich drehe mich abrupt zu meinen Freundinnen um.

»Ich will es«, sage ich finster. »Und ich werde es auch schaffen.«

Im Zug nach London lese ich auf dem Handy die Kritiken zu Caspars neuem Stück, das am Abend zuvor Premiere hatte. BBC, die großen Zeitungen, die Blogs – alle sind total begeistert. Raoul Veloso wird ebenfalls lobend erwähnt, obwohl er nur eine Nebenrolle hatte.

Gut, denke ich. Zumindest hat Caspar mit Sicherheit gute Laune.

Ob ich ihn direkt mal anrufen soll? Ein paar Sekunden lang schwebt mein Finger über dem grünen Hörersymbol neben seinem Namen. Dann lasse ich das Handy in der Hosentasche verschwinden. Wahrscheinlich gibt Caspar gerade ein Interview nach dem anderen oder feiert mit seinen Tänzern. Ich warte lieber bis morgen.

Shasa ist nicht da, als ich in unserem Zimmer ankomme. Natürlich nicht, sie kommt ja montags immer direkt von zu Hause zur Schule. Dabei könnte ich heute Abend so gut jemand zum Reden gebrauchen.

Ich packe gerade die saubere Wäsche in den Schrank, die Grandma mir mitgegeben hat, als es an der Tür klopft.

»Stör ich?« Wylie streckt seinen roten Schopf in den Raum.

»Natürlich nicht! Komm rein.«

»Hat Mrs Renoir sich gemeldet?«, fragt er, während er sich auf eines der großen Sitzkissen fallen lässt, die Shasa und ich vor dem Fenster ausgebreitet haben.

»Nee.«

»Hab ich mir schon gedacht«, sagt Wylie.

»Wieso?« Ich drehe mich überrascht zu ihm um.

»Irgendwas stimmt nicht mit ihr.«

Ich nicke nachdenklich. »So weit bin ich inzwischen auch schon. Aber was?«

»Ich hab ein bisschen nachgeforscht«, sagt Wylie. »Mrs Renoir hat ihre Tanzausbildung auch in der Royal Ballet School gemacht.«

»Echt?« Ich lasse mich neben ihm auf einem Sitzkissen nieder. »Das wusste ich gar nicht.«

»Ich hab im Schularchiv ein Foto von ihrer Abschlussklasse gefunden.« Wylie holt sein Handy aus der Tasche, öffnet eine Internetseite und tippt ein Foto an. »Hier.«

Ein Gruppenbild, auf dem vier junge Frauen und drei Männer zu sehen sind, die alle fröhlich in die Kamera lächeln. Mrs Renoir steht in der ersten Reihe, ihre blauen Augen leuchten. Das Bild ist zwanzig Jahre alt, aber sie hat sich nicht wirklich verändert, man erkennt sie auf den ersten Blick wieder. Doch das ist nicht der Grund, warum ich überrascht nach Luft schnappe.

22

Neben Mrs Renoir steht meine Mum. Und die beiden haben den Arm umeinandergelegt. Wie beste Freundinnen.

»Das ist noch nicht alles«, sagt Wylie. »Nach der Schule sind Julie Renoir und Lara O'Neill beide beim Royal Ballet angenommen worden. Deine Mum direkt als Solistin, später wurde sie Primaballerina. Sie ist zehn Jahre bei der Royal Opera geblieben.«

»Bis zu meiner Geburt«, sage ich. Ich war entsetzt, als Lara mir von der Schwangerschaft erzählt hat, höre ich Grandma wieder sagen. Aber meine Mum hat sich von Anfang an gefreut, das ist die Hauptsache, denke ich.

»Mrs Renoir war nur vier Jahre in London, dann hat sie ein Jahr in Mannheim getanzt, und wieder ein Jahr später war sie in Grenoble und danach in Düsseldorf. Vor dreizehn Jahren hat sie schließlich als Solistin an die Pariser Oper gewechselt.«

Paris. In meinem Kopf schrillt eine Alarmglocke los. Ich starre Wylie an.

»Sie war in Paris, als meine Mutter dort vorgetanzt hat«, flüstere ich. »Sie haben sich bestimmt getroffen.«

Wylie streckt seine Beine aus und dehnt seinen Oberkörper nach vorn, bis er flach auf dem Boden liegt. »Davon gehe ich auch aus«, dringt seine Stimme dumpf nach oben.

»Vielleicht war Mrs Renoir die Letzte, die Mum lebend gesehen hat.«

Wylie dreht den Kopf zu mir, ohne den Oberkörper zu heben. »Irgendwas ist damals geschehen«, sagt er. »Das steht fest.«

Ich nicke. »Ich muss mit ihr reden. Gleich morgen.«

»Warum nicht jetzt?«, sagt Wylie.

»Sie geht garantiert nicht dran, wenn ich sie anrufe.«

»Sie wohnt ganz in der Nähe«, sagt Wylie und richtet sich wieder auf. »In Wimbledon. Ich hab ihre Adresse.«

»Hast du die auch aus dem Internet?«, frage ich verblüfft.

»Nee, von Raoul«, sagt Wylie. »Er war mal bei ihr zu Hause.«

»Aha.« Ich werfe einen Blick auf die Uhr. Es ist Viertel nach sechs. Eigentlich darf ich das Schulgelände jetzt nicht mehr verlassen, jedenfalls nicht ohne Erlaubnis. Aber es ist Sonntagabend, da hat keiner den Überblick, wer schon im Haus ist.

»Mit dem Taxi bist du in einer Viertelstunde da«, sagt Wylie.

Mrs Renoir wohnt in einem Altbau mit roter Klinkerfassade, weißen Fenstern und blauer Tür in einer ruhigen Gegend. Das Taxi wartet auf der Straße, während ich am Eingang nach ihrem Klingelschild suche. Wenn sie nicht zu Hause ist, fahre ich gleich wieder zurück.

Es gibt sechs Klingeln, *J. Renoir* steht auf dem Schild ganz oben. Ich hole tief Luft, drücke den Knopf und hoffe plötzlich, dass sie nicht aufmacht. Aber im selben Moment erklingt der Summer.

Ich drücke die Tür auf. Der Taxifahrer winkt mir zu und fährt weiter.

Die Wohnung ist im dritten Stock, Mrs Renoir erwartet mich in der offenen Tür.

»April«, sagt sie überrascht. Ihre Stimme klingt anders als sonst. Irgendwie verwaschen.

»Ich muss mit Ihnen sprechen«, sage ich. »Kann ich kurz reinkommen?«

Mrs Renoirs blaue Augen starren mich an, als müsste sie sich erst ins Gedächtnis rufen, woher sie mich kennt. Dann dreht sie sich wortlos um und verschwindet in der Wohnung.

Ich folge ihr durch einen schmalen Flur in ein winziges Wohnzimmer. Im Fernsehen läuft eine Quizshow. Sie schaltet ihn aus und lässt sich auf ein Sofa mit ziemlich verschossenem Bezug fallen. Auf dem Tisch stehen ein Weinglas und eine halb leere Flasche. Dabei ist es noch nicht mal sieben.

»Alors?«, fragt sie. »Was gibt's?«

Ich beschließe, direkt zum Punkt zu kommen. Wir haben lange genug um den heißen Brei herumgeredet.

»Sie kannten meine Mutter«, sage ich.

»C'est vrai.« Mrs Renoir verzieht die Lippen zu einem Lächeln und sieht mich ein paar Sekunden lang schweigend

an. »Wir waren beste Freundinnen. *Lara et Julie. Un grand amour.*«

Ist sie betrunken? Sie hat mir keinen Platz angeboten, dennoch lasse ich mich auf einen Sessel sinken.

»Wieso haben Sie mir das nicht erzählt?«, frage ich.

Mrs Renoir scheint die Frage gar nicht gehört zu haben. »Wir haben die ganze Ausbildung zusammen gemacht«, fährt sie fort. »Wir haben uns sogar ein Zimmer geteilt, erst in der White Lodge und später in der Stadt. Gegensätze ziehen sich an, so heißt es doch immer, oder? Wir waren wirklich total verschieden. Ich musste unglaublich hart arbeiten, und Lara ist alles zugeflogen. Sie war *exceptionnelle.* Die Lehrer haben sie geliebt. Das Publikum war verrückt nach ihr. *C'était fou.*« Sie hebt ihr Glas und prostet mir zu.

»Sie haben zusammen in der Royal Opera getanzt«, sage ich.

»Ohne Lara hätte ich es nie ins Ensemble geschafft. Sie hat es zur Bedingung für ihr Engagement gemacht, dass sie auch mich nehmen. Lara konnte sich das leisten, sie hatte noch Angebote von zwei anderen Häusern. Sie hat direkt als Solistin angefangen und wurde bald Primaballerina. Ich war nur im Corps de Ballet.«

»Sie waren neidisch auf meine Mutter«, stelle ich fest.

Auch diesen Einwurf ignoriert sie. »Ich bin schließlich weg aus London, hier wäre ich nie Solistin geworden. Ich brauchte auch Abstand von Lara. Aber in der Ballettwelt gab es kein Entkommen vor ihr, sie war allgegenwärtig. Und sie wurde immer berühmter. Doch dann hat sie diesen Journalisten kennengelernt, und plötzlich war sie schwanger.«

Mein Herz klopft schneller.

Mrs Renoir schenkt sich Wein nach und leert das Glas in einem Zug. »Ich dachte, das war's. Eine Schwangerschaft ist das Ende, davon erholt sich eine Tänzerin nicht mehr.« Wieder verzieht sie die Lippen zu einem freudlosen Lächeln. Ihre Mundwinkel sind vom Wein rot gefärbt.

»Was ist damals in Paris passiert?«, frage ich mit heiserer Stimme. »Sie waren dort, als Lara vorgetanzt hat, das weiß ich.«

Mrs Renoir greift erneut nach der Flasche. »Ich war erst ein halbes Jahr an der Opéra, als Lara mich anrief. Sie war total aufgekratzt. Und schwärmte mir vor, wie sehr sie mich vermisst habe und das Ballett und die alten Zeiten … bla, bla, bla. Ich hab eine ganze Weile gebraucht, bis ich kapierte, dass sie eine Audition hatte. In *meiner* Oper.« Mrs Renoir schenkt sich nach. »Danach wäre alles wieder von vorne losgegangen.«

»Die haben sie ja nicht genommen«, sage ich, während sie trinkt. Mrs Renoir setzt das Glas ab und sieht mich mit leicht glasigen Augen an.

»Mais oui, certainement.«

»Was?«

»Sie haben sie genommen. Lara hat es erneut geschafft. Und sie wäre wieder Primaballerina geworden und hätte den Feuervogel getanzt, Odette und Odile, Giselle, Prinzessin Aurora. Und mich hätte man mit Nebenrollen abgespeist.« Sie stellt das Glas mit einem lauten Knall auf den Tisch.

»Sie wäre also nach Paris gegangen«, sage ich. Ob sie vorhatte, mich mitzunehmen? Oder wäre ich bei Grandma und Grandpa geblieben?

»Das wäre sie nicht.« Mrs Renoir flüstert, als wäre außer uns noch jemand im Raum, der sie nicht hören darf. »Nach dem Vortanzen hat sie mich zum Essen eingeladen. Und da hat sie es mir erzählt. Sie wollte aufhören. Sie sagte, ihr sei während der Audition klar geworden, wie bescheuert der ganze Zirkus ist. *Der Zirkus.* So hat sie es genannt. Sie war fest entschlossen, das Angebot abzulehnen.«

»Wirklich?«, frage ich überrascht. »Und was hatte sie stattdessen vor?«

»Je ne sais pas«, sagt Mrs Renoir. »Ich habe keine Ahnung, wie ihre Pläne aussahen. Aber ich bin mir ganz sicher, dass sie sehr erfolgreich damit geworden wäre.« Sie schnaubt leise.

»Für Sie war das doch gut«, sage ich. »Dass Mum nicht nach Paris kommen wollte, meine ich.«

»Verstehst du nicht?« Mrs Renoir schaut mich hasserfüllt an. »Lara hat mich lächerlich gemacht. Ich habe alles fürs Ballett geopfert, alles! Ich habe keine Familie, weil ich ständig umgezogen bin. An ein Kind war nicht zu denken. Lara hat dagegen auf nichts verzichtet und dennoch alles bekommen. Als wir in diesem Restaurant saßen, wurde mir bewusst, wie reich sie war. Unabhängig und frei. Und ich war armselig und elend und würde es immer bleiben.«

Mir kommt auf einmal ein schrecklicher Gedanke. »Haben Sie etwas mit ihrem Tod zu tun?«

Mrs Renoir starrt auf den schäbigen Teppich zu ihren Füßen. Mein Herz hämmert wie verrückt, vor Aufregung, vor Wut. Ich bin kurz davor, mich auf sie zu stürzen und sie zu schütteln.

»Lara wollte mit mir wegfahren«, sagt Mrs Renoir leise. »Sie hatte ein kleines Haus in der Normandie gemietet, direkt am Strand. Die Oper machte gerade Ferien, es wäre ideal gewesen.«

Deshalb ist sie also mit dem Auto gefahren, denke ich. Weil sie noch ein paar Tage Urlaub mit ihrer besten Freundin machen wollte.

»Ich hab sie nicht begleitet, obwohl ich Zeit hatte.« Mrs Renoir stützt ihr Kinn auf die Hände und blickt ins Leere. »Wenn ich mitgefahren wäre, wäre der Unfall vielleicht nicht passiert. So gesehen bin ich schuld.«

Ich zucke mit den Schultern. Erst ich, dann meine Grandma, nun Mrs Renoir. So viele Menschen, die sich die Schuld am Tod meiner Mutter geben.

»Sie wollen, dass ich die Schule verlasse, weil ich Sie an Mum erinnere«, sage ich. »Deshalb geben Sie mir keine Korrekturen. Und die Variation aus dem *Nussknacker*, die Sie für mich ausgesucht haben … Sie wussten von Anfang an, dass das Stück absolut ungeeignet für mich ist.«

»Deine Gegenwart ist unerträglich für mich. *Insupportable.*«

»Aber ich wusste doch gar nichts von Ihrer alten Geschichte!«, rufe ich ärgerlich. »Und ich kann auch nichts dafür, dass Sie meine Mutter hassen. Ich bin April, nicht Lara!«

Sie presst die Kiefer zusammen, ihr Gesicht wirkt plötzlich

nicht mehr puppenhaft, sondern hart und entschlossen. Als sie aufsteht, schwankt sie leicht und muss sich an der Sofalehne festhalten.

»Du solltest jetzt gehen, April«, sagt sie. »Ich bin sehr müde.«

»Und wie mache ich nun weiter?«, frage ich, während ich mich ebenfalls erhebe. »Meine Aufnahmeprüfung ist in zwei Wochen.«

Mrs Renoir greift nach ihrem Handy.

»Ich rufe dir jetzt ein Taxi«, sagt sie.

Meine Gedanken überschlagen sich. Ich muss mit Caspar reden oder besser noch – direkt mit Mrs Turner. Wenn ich ihr diese Geschichte erzähle, muss sie die Audition auf jeden Fall verschieben.

»Falls du vorhast, dich über mich zu beschweren, bitte schön, gerne«, sagt Mrs Renoir, die bereits in den Flur getreten ist. »Aber niemand wird dir glauben. Diesmal bin ich im Vorteil. Ich bin die Lehrerin, und du hast gerade erst mit dem Tanzen angefangen. Alle wissen, dass deine Technik fürchterlich ist. Und glaub bloß nicht, dass Caspar auf deiner Seite ist. Er ist sehr enttäuscht. Von dir und von sich selbst, weil er dich ausgesucht hat. *Bien*, er wird darüber hinwegkommen.«

Im selben Moment klingelt es an der Haustür. »*Voilà*, da ist schon dein Wagen. *Au revoir*, April.«

Sie reicht mir eine Zwanzig-Pfund-Note, dann schiebt sie mich an den Schultern aus der Wohnung.

Vom Taxi aus rufe ich Wylie an. Er ist nicht allein, ich höre im Hintergrund Musik und Gelächter.

»Wo bist du?«, frage ich.

»Oben im ersten Stock, bei Alex. Er hat Geburtstag, wir feiern ein bisschen.«

Wer ist Alex? Ist ja auch egal.

»Warte, ich geh mal raus«, sagt Wylie.

Er ist sprachlos, als er von der Unterhaltung mit Mrs Renoir erfährt.

»Und jetzt?«, fragt er dann.

Ich zucke mit den Schultern, was er natürlich nicht sehen kann.

»Willst du nicht hochkommen?«, erkundigt er sich.

»Nee.« Inzwischen haben wir die White Lodge erreicht. Der Fahrer stoppt das Taxameter. »Ich geh jetzt schlafen. Gute Nacht, Wylie.«

23

Nach dem Ballettunterricht am nächsten Morgen erzähle ich auch Shasa, was geschehen ist. Wir stehen draußen auf dem Pausenhof, es nieselt, und sie ist genauso fassungslos wie Wylie.

»Das kann doch nicht wahr sein«, sagt sie. »Mrs Renoir ist doch so nett!«

Genauso werden alle reagieren. Niemand wird mir glauben. Ich hab keine Chance gegen Mrs Renoir.

»Ist was?«, fragt Shasa. Die Frage ist nicht an mich gerichtet, sondern an Raoul, der hinter mir steht. Hat er uns zugehört?

»Kann ich mal mit dir sprechen?«, fragt er.

»Mit mir?« Ich sehe erst ihn an, dann Shasa, die fragend ihre Mundwinkel nach unten zieht.

Raoul dreht sich um und marschiert weg, ohne sich zu vergewissern, ob ich mitkomme.

»Was?«, frage ich, nachdem ich ihm zum Rand des Schulhofs gefolgt bin.

»Wylie hat mir alles erzählt.« Raoul blickt über meinen Kopf hinweg in die Wipfel der Bäume im Park. »Die Sache mit Mrs Renoir.«

Wylie, die alte Tratschbase! Mit wem hat er sonst noch über die Sache gesprochen? Wahrscheinlich mit der ganzen Geburtstagsrunde. Mist! Ich will auf keinen Fall, dass die Geschichte an der Schule die Runde macht.

»Keine Angst«, sagt Raoul. »Außer mir weiß niemand was. Ich erzähl es auch nicht weiter.«

Was zum Teufel will er von mir?

»Ich würde dir helfen«, sagt er. »Wenn du willst.«

Nun bleibt mir wirklich die Spucke weg. Ich starre ihn mit offenem Mund an.

»Wie willst du das denn machen?«, bringe ich schließlich heraus.

»Kannst du heute Mittag?«, fragt er zurück. »Halb eins im kleinen Studio im ersten Stock?«

Als ich nicke, dreht er sich um und verschwindet mit großen Schritten in Richtung Schule. Das Mittagessen fällt heute aus, so viel steht fest.

Als ich in das kleine Studio trete, ist Raoul schon da. Er trägt Tanzkleidung. Leggins und ein ärmelloses Top, sodass man seine muskulösen Oberarme sieht.

Gerade schließt er sein Laptop an den Beamer an, die Leinwand ist schon ausgefahren.

»Okay.« Nun dreht er sich zu mir um und mustert mich von oben bis unten.

Ich lächele nervös, aber er verzieht keine Miene. »Du brauchst zuerst mal ein neues Stück«, sagt er. »Die Zuckerfee ist kacke.«

»Bringt das denn irgendwas?«, frage ich. »Mrs Renoir sitzt bei der Audition mit in der Jury. Und sie treffen die Entscheidung einstimmig. Ich hab doch keine Chance.«

»Wenn du perfekt tanzt, muss sie dich akzeptieren.« Raoul dreht sich zum Laptop und startet ein Video. Auf der Leinwand erscheint er selbst, in einem schwarzen Trikot. Er kauert mit eingezogenem Kopf auf dem Boden, dann streckt sich sein Körper und schiebt sich nach oben, wie eine wachsende Pflanze im Zeitraffer. Die ersten Bewegungen sind sehr langsam, doch mit jeder Sekunde steigert sich das Tempo. Raoul wirft die Beine in die Luft, er fliegt in großen Sprüngen durch den Raum. Die Szene endet mit einem Fouetté en tournant, bei dem er sich in rasender Geschwindigkeit auf dem Standbein herumdreht, während er das Spielbein abwechselnd streckt und beugt. Seine Konturen verschwimmen auf dem Bildschirm, das Tempo ist atemberaubend.

»Wahnsinn«, sage ich. »Was ist das für ein Stück?« Die Musik kommt mir bekannt vor, ich kann sie jedoch nicht einordnen.

»Dornröschen«, sagt er. »Aber die Choreografie ist von mir. Sie passt zu dir. Deshalb hab ich sie ausgesucht.«

Er hat recht, die weiten Sprünge und schnellen, kraftvollen Bewegungen liegen mir wirklich. Jedenfalls viel mehr als das zierliche Getrippel der Zuckerfee.

»Ich weiß nicht, ob das geht«, sage ich.

»Was?«

»Das Stück. Ich soll eine Variation aus einem klassischen Ballett tanzen.«

»Wer sagt das?«

Eigentlich niemand. Caspar hat von einer kleinen Variation gesprochen, die ich vorbereiten soll.

Raoul nickt, obwohl ich gar nichts gesagt habe.

»Bitte schön.« Er weist mit der flachen Hand einladend in die Raummitte.

»Kann ich den Film noch mal sehen?«, frage ich nervös.

»Brauchst du nicht. Leg einfach los.«

Ich kauere mich auf dem Boden zusammen, verberge den Kopf unter den Armen. Er startet keine Musik. Also beginne ich mich langsam aufzurichten, hebe meinen Kopf, dann den rechten Arm.

»Nein«, sagt Raoul. »Du streckst dich nicht, du wirst nach oben geschoben. Als ob etwas in dir steckt, das sich ausdehnt.«

Wir üben diese erste Sequenz, die im Video so leicht aussah, aber in Wirklichkeit unendlich schwer ist, bis ich schweißgebadet und total fertig bin. Auf dem Flur erklingt der Schulgong.

»Ich muss jetzt los«, sagt Raoul.

»Ich auch.« Die Mittagspause ist vorbei. Ich habe gleich Mathe. Und riesigen Hunger, aber zum Essen ist keine Zeit, ich muss mich vor dem Unterricht wenigstens noch schnell waschen und umziehen.

»Wenn du willst, machen wir morgen weiter.« Raoul ist schon an der Tür. »Hast du um fünf Uhr Zeit?«

»Klar.«

»Ich schick dir das Video zu.«

Er hat den Raum verlassen, bevor ich mich bedanken kann.

Shasa ist so lieb, sie hat mir etwas aus der Mensa mitgebracht. Während der Mathestunde esse ich heimlich alles auf. Mrs Doright kriegt es bestimmt mit, aber sie sagt nichts. Sie weiß, dass das Essen bei uns Tänzern oft zu kurz kommt.

Nach dem Unterricht trainiere ich weiter. Ich schau mir das Video an, das Raoul mir zugeschickt hat, und lerne die Choreografie auswendig. Dann übe ich die Sprünge und Drehungen, bis meine Beine zittern und meine Muskeln brennen. Weil ich die Musik so laut gestellt habe, überhöre ich fast das Handyklingeln.

Es ist Caspar.

»Hi, April«, sagt er. »Sorry, dass ich mich jetzt erst melde. Ich bin gerade in New York. War nicht so geplant, aber ist egal. Wie geht's dir?«

»Gut.« Das ist übertrieben. Aber bedeutend besser als am Morgen. Ich habe ein Ziel und neue Hoffnung.

»Julie hat mir gesagt, dass du die Audition absagen willst.«

»Was?«, rufe ich entgeistert. »Wie kommt sie denn dazu?«

Ich habe Mrs Renoir am Nachmittag im Pas-de-deux-Kurs gesehen. Sie ist mit keinem Wort auf meinen Besuch bei ihr eingegangen. Wie immer hat sie es vermieden, mich anzusehen, aber wenn mich ihr Blick doch mal streifte, waren ihre Augen leer und vollkommen gleichgültig.

Caspar räuspert sich. »Ehrlich gesagt halte ich es auch für die beste Idee.«

»Nein«, sage ich. »Ich tanze auf jeden Fall.«

»Okay. Deine Entscheidung. Trainiert Julie dich denn weiter?«

Offenbar hat Raoul nicht mit Caspar gesprochen. Also werde ich ihn aus der Sache raushalten.

»Ich mach das allein.«

Caspar lacht ungläubig. Ich presse meine Lippen zusammen und schweige.

»Ich bin nächste Woche Mittwoch wieder zurück«, sagt Caspar. »Dann melde ich mich bei dir.«

Raoul und ich treffen uns jeden Abend in dem kleinen Übungsraum und trainieren zusammen, danach übe ich allein weiter.

Bis zum Ende der Woche kommen wir nicht über die Anfangssequenz hinaus. Wieder und wieder lässt mich Raoul in Zeitlupengeschwindigkeit nach oben steigen, die Arme dehnen, die Beine strecken, bis ich endlich aufrecht stehe.

»Wir müssen echt mal langsam mit dem Rest der Choreografie anfangen«, sage ich nervös. »Ich hab nur noch eine Woche.« Inzwischen hat mir die Schulverwaltung den Termin für die Audition geschickt. Sie findet am nächsten Samstag um halb eins statt, direkt nach Schulschluss.

»Der Anfang ist am schwersten. Wenn du den beherrschst, klappt auch der Rest«, sagt Raoul.

»Der Anfang ist am schwersten?« Ich lache hell auf. »Soll das ein Witz sein? Die Sprünge und Drehungen am Ende sind viel schwieriger!«

Meine ersten Versuche, die ganze Choreografie zu tanzen, sind grandios gescheitert. Obwohl die Sequenz wirklich kurz ist, fehlt mir einfach die Kraft. Shasa hat mir ihr Balance Board geliehen, eine runde Wackelscheibe, auf der ich jetzt täglich trainiere. Das hilft, aber beim Fouetté en tournant fall ich trotzdem immer noch regelmäßig um.

»Das kriegen wir schon hin«, sagt er. »Fährst du morgen nach Hause?«

»Nee, ich bleibe am Wochenende hier.« Meinen Großeltern hab ich schon Bescheid gesagt. Grandma hat es einfach hingenommen, dass ich üben will. Das ist neu. Allerdings hat sie nicht nachgefragt, wie ich vorankomme.

»Ich bin auch hier«, sagt Raoul.

Wir verbringen Stunden zusammen im Übungsraum. Zum ersten Mal tanze ich die ganze Choreografie. Es klappt eigentlich ganz gut, denke ich, bis Raoul mich komplett auseinandernimmt. Er ist schlimmer als Mr de Waal, er sieht einfach alles.

»Woher kannst du das so gut?«, frage ich, als wir eine Trinkpause machen. Wir sitzen auf dem Boden, den Rücken zur Wand. »Du bist doch erst zwei Jahre hier. Aber du tanzt wie ein Profi. Und diese Choreografie ist super.«

»Das Ballett hat mir das Leben gerettet.« Er lacht, als wäre das ein Witz, aber es ist keiner, das spüre ich.

Mehr erfahre ich nicht. Er redet nur ungern über sich, das habe ich inzwischen gemerkt. Ich gebe dennoch nicht auf und bohre immer wieder nach.

Raoul erzählt mir, dass er in Madrid aufgewachsen und erst vor fünf Jahren nach England gekommen ist. Zehn war er damals. Er hat bei Verwandten gewohnt, bis er in die Royal Ballet School aufgenommen wurde. Als ich nach seinen Eltern frage, schüttelt er nur den Kopf. Kein Kommentar. Auch zu den Verwandten scheint er keinen Kontakt mehr zu haben, jedenfalls verbringt er die Wochenenden stets im Internat.

»Wieso warst du immer so arrogant zu mir?«, frage ich ihn.

»Arrogant?« Er hebt überrascht die Augenbrauen.

»Du hast mich wie Luft behandelt.«

Er reibt versonnen über seine Narbe. »Ich war unsicher. Vielleicht hatte ich auch ein bisschen Angst vor dir.«

»Angst? Warum das denn?«

»Du bist die Tochter der großen Lara O'Neill.« Er rollt die Augen. »Das ist ziemlich beeindruckend, oder?«

»Ich hab meine Mutter ja gar nicht gekannt«, sage ich traurig.

Er sieht mich nachdenklich an.

»Komm, wir machen weiter«, sagt er dann.

24

Den ganzen Sonntag verbringen wir damit, das Fouetté zu üben. Raoul zerlegt die Figur für mich in kleine Schritte.

»Halt dich mit beiden Händen an der Stange fest«, sagt er. »Dann gehst du ins Plié.«

Ich lasse mich in die Knie sinken.

»Nun schwingst du dein Bein zur Seite und bringst es ins Passé.« Ich übe die Einzelschritte eine Stunde lang an der Stange, bevor ich mich in die Mitte des Raumes wage. Plié, Relevé, Passé. Raoul sieht mir dabei kritisch zu. Wenn ich zu schnell werde, bremst er mich sofort ab.

»Es wird«, sagt er zuversichtlich, obwohl meine Drehungen noch weit von seinem Tempo entfernt sind. Aber immerhin tanze ich das Fouetté jetzt in einer einzigen fließenden Bewegung.

»Acht sind genug«, sagt Raoul.

»Was?«

»Du machst am Ende nur acht Fouetté-Drehungen. Das reicht. Den Rest der Musik füllst du mit Piqués.«

»Aber bei dir waren es mindestens fünfzehn Fouettés.«

»Zwanzig.« Er grinst. »Das weiß doch keiner. Und acht saubere Drehungen sind besser als fünfzehn schludrige.«

Mein Körper tut so weh. Wenn mich der Wecker nach ein paar Stunden aus dem Schlaf reißt, fühle ich mich, als ob ich die Nacht auf einer Streckbank verbracht hätte. Ohne die Yogaübungen, die Shasa mir zeigt, würde ich es gar nicht aus dem Bett schaffen.

Ich schleppe mich zum Ballettunterricht, die einzigen Erholungspausen sind die normalen Schulstunden, aber auch da denke ich pausenlos an meine Audition.

Am Mittwochabend meldet sich Caspar, er ist wieder in London. »Ich habe gesehen, dass du dein Stück geändert hast«, sagt er. »Du tanzt jetzt eine Variation aus *Dornröschen.*«

Ich musste meine Musikauswahl an das Prüfungskomitee mailen, damit der Korrepetitor die Noten besorgen kann.

»Ich würde das gerne noch einmal sehen«, sagt Caspar.

Ich zögere einen Moment. Caspar klingt müde, wahrscheinlich hat er wieder tausend Dinge um die Ohren und dann noch der Jetlag. Ich habe Angst, dass er mich runtermacht, wenn ich ihm vortanze. Außerdem ist es jetzt wirklich zu spät, noch mal was Grundlegendes zu ändern.

»Du siehst es ja am Samstag«, sage ich mit fester Stimme.

»Gut«, sagt Caspar. Vielleicht ist er sauer. Oder erleichtert, weil er einen Punkt weniger auf seiner To-do-Liste hat. Ich habe keine Ahnung, weil er das Gespräch sofort danach beendet.

Raoul nickt nur, als ich ihm von Caspars Anruf erzähle.

»Du hast ihm nicht erzählt, dass du mit mir trainierst«, sage ich.

»Nein«, erwidert er kurz. Ich würde so gerne wissen, wie ihr Verhältnis ist. Caspar ist mehr für Raoul als nur ein Lehrer, da bin ich mir sicher. Aber diesmal spare ich mir die Frage, ich würde ohnehin keine Antwort bekommen.

»Soll ich denn bei der Audition sagen, dass die Choreografie von dir ist?«, erkundige ich mich stattdessen.

»Würde ich nicht machen«, sagt Raoul. »Das klingt unprofessionell.«

»Aber ich muss den Choreografen doch nennen.«

Er denkt kurz nach. »Dann sag, dass die Variation von Yaris Akintola ist.«

»Wer ist das denn?«

Raoul lacht. »Ein nigerianischer Choreograf – und ein Freund von mir. Leider total unbekannt. Aber zumindest hat er einen Eintrag bei Wikipedia, falls sie ihn googeln.«

Am Freitagabend trainieren wir drei Stunden zusammen. Um meine Dynamik zu verbessern, tanzt Raoul mit mir. Er nimmt meine Hand, wir heben gleichzeitig vom Boden ab und fliegen durch die Luft, und wie immer, wenn er springt, habe ich das Gefühl, dass er nur einen Bruchteil seiner Kraft nutzt.

Bei der Arabesque hebt er meinen rechten Arm ein Stück in die Höhe und stützt mit der anderen Hand meinen Bauch. Unsere Gesichter sind sich plötzlich sehr nahe. Es ist einerseits beunruhigend und andererseits so schön, dass ich prompt das Gleichgewicht verliere. In Liebesfilmen fällt sich das Paar in solchen Situationen immer in die Arme. Aber das hier ist kein Film. Ich kippe zur Seite, und Raoul fängt mich nicht auf, sondern weicht ebenfalls einen Schritt zurück.

»Sorry«, sagt er.

»Schon okay.« Mein Herz klopft sehr schnell, und diesmal ist es nicht wegen der Anstrengung.

»Noch mal von vorn«, sagt Raoul.

Er startet die Musik, ich kauere mich zusammen, das ist gut, dadurch sieht er nicht, dass ich knallrot bin.

Ich tanze die Choreografie vom Anfang bis zum Ende, ohne dass er mich unterbricht. Als ich fertig bin, nickt er.

»Gut. Das reicht für heute.«

Das klingt nicht enthusiastisch. Aber Raoul ist ähnlich sparsam mit seinem Lob wie Mr de Waal.

»Ich mache noch ein bisschen weiter«, sage ich, während Raoul seinen Hoodie überzieht.

Er reicht mir den Schlüssel für den Proberaum.

»Gib ihn mir morgen zurück. Und übertreib es nicht mit dem Trainieren. Spar dir deine Kräfte für morgen.«

Er lächelt mich flüchtig an und verlässt den Raum, dabei hätte ich ihn so gerne noch … was? Gedankt? Umarmt? Geküsst?

Nun mach aber mal einen Punkt, April, sagt eine strenge Stimme in meinem Kopf, die sich anhört wie die von Mr de Waal. Konzentrier dich lieber auf deine Prüfung.

Das Vortanzen findet im großen Saal statt, in dem wir auch die Aufnahmeprüfung hatten. Die Bäume, die hinter der großen Fensterfront zu sehen sind, sind herbstlich verfärbt, sie flackern rot, gelb, orange wie ein Kaminfeuer. Vor dem Fenster steht der Tisch für die vier Prüfer, außerdem hat der Hausmeister an der Wand eine Reihe von Stühlen aufgestellt. Die Audition ist öffentlich. Zum Glück fahren die meisten Schüler direkt nach Schulschluss nach Hause, der Andrang wird also nicht allzu groß sein.

Ich hab mich in meinem ganzen Leben noch nie so kraftlos und kaputt gefühlt. Entgegen Raouls Rat hab ich viel zu lange trainiert. Und danach konnte ich nicht schlafen, obwohl ich so fertig war. Am Morgen hat Shasa mir das Frühstück ans Bett gebracht, aber ich war zu aufgeregt, um zu essen. Wenn ich das heute vermassele … Nur nicht dran denken.

Während ich mich an der Stange aufwärme, geht die Saaltür auf. Ich drehe mich hoffnungsvoll um, erwarte Raoul, doch es ist Jacob, der mir kurz zuwinkt.

»Lass dich nicht stören.«

Er zieht die Schutzhülle vom Flügel, legt seine Noten zurecht und dehnt seine Finger.

Ein paar Minuten später kommen Shasa und Zara in den

Raum und dann Wylie und Raoul. Die beiden unterhalten sich so vertraut, ich frage mich plötzlich, ob sie ein Paar sind. Das würde erklären, warum Raoul gestern so erschrocken zurückgewichen ist.

»Viel Glück, April«, ruft Wylie mir zu, während er sich neben Shasa niederlässt. Raoul setzt sich neben ihn, ohne eine Miene zu verziehen. Warum kommt er nicht zu mir? Vielleicht will er nicht, dass man uns miteinander in Verbindung bringt, schießt es mir plötzlich durch den Kopf. Weil ich ihm peinlich bin. Aber wieso ist er dann überhaupt gekommen?

Mir wird flau im Magen. Vielleicht hätte ich doch etwas essen sollen.

Jetzt betreten die vier Prüfer den Raum. Mrs Turner, Mrs Renoir, Mr de Waal und Caspar, auch das ist wie im Mai.

Die Direktorin gibt mir die Hand, während die anderen sich setzen. Caspar lächelt mir zu, Mrs Renoir meidet meinen Blick. Wenn ich in den letzten Tagen an sie gedacht habe, stieg regelmäßig eine Welle von Wut in mir hoch. Heute empfinde ich nichts. Außer einer schrecklichen Nervosität.

Nun wird die Flügeltür geschlossen. Und dann geht es los.

Jacobs Finger knacken. Ich gehe in die Mitte des Raums und lächele die Prüfer an.

»Jetzt noch mal offiziell: Hallo, April!« Mrs Turner rückt ihre Brille zurecht. »Bevor du loslegst, noch eine kurze Frage. Welche Variation aus *Dornröschen* wirst du tanzen?«

»Äh … die Choreografie ist von …«, verdammt, wie war

noch mal der Name, den Raoul mir genannt hat? »Yoris Akuntola?« Oder so ähnlich.

»Yoris wer?«, fragt Mr de Waal. »Noch nie gehört.« Er guckt Mrs Turner an, die ratlos mit den Schultern zuckt.

»Er ist … äh … relativ unbekannt«, stammele ich. Bevor ich das mit dem Wikipedia-Eintrag sagen kann, unterbricht mich Mrs Renoir.

»Ein junger Choreograf aus Japan«, sagt sie. »Ich habe die Variation ausgesucht, weil sie sehr gut zu April passt.«

Mir fällt die Kinnlade runter. Caspar sieht so verdattert aus, wie ich mich fühle.

»Ist das okay für Sie?« Mrs Renoir lächelt Mr de Waal unschuldig an.

Ich drehe mich abrupt um und gehe zu meiner Trinkflasche, die an der Wand steht. Mein Mund ist total trocken.

»Meinetwegen«, sagt Mr de Waal widerwillig. »Wenn April dann so weit ist, kann sie anfangen.«

Ich trete zurück in die Mitte. Jacob legt seine Finger auf die Tasten.

Langsam lasse ich mich auf den Boden gleiten und senke den Kopf auf die Beine. Wenn ich bloß nicht so aufgeregt wäre. Ich versuche, tief durchzuatmen, aber mein Atem bleibt oben im Brustkorb hängen. Das ist schlecht, ganz schlecht.

Ich warte darauf, dass die Musik beginnt. Stattdessen quietscht die Tür.

Ich hebe den Kopf und sehe Amanda, die ihren Lockenkopf durch den Türspalt steckt. Unsere Blicke begegnen sich, sie strahlt mich an, als hätten wir uns zufällig auf der Straße getroffen.

»Hier sind wir richtig!«, flüstert sie laut. Dann schleicht sie auf Zehenspitzen in den Raum, als hätten sie nicht schon längst alle bemerkt. Hinter ihr kommt Mimi, die mir verstohlen zuwinkt. Und dann erscheinen Grandpa und Grandma.

»Entschuldigung«, sagt Grandpa und zieht Grandma auf einen der freien Stühle.

»Bitte sehr.« Mrs Turner rückt wieder an ihrer Brille. »So, jetzt aber.«

25

Ich senke den Kopf, schließe die Augen. Die Aufregung ist weg, da ist nur noch eine riesige Freude – meine Großeltern sind gekommen, um mich tanzen zu sehen.

Und noch jemand ist plötzlich da. Mum.

Ich fühle sie, als stünde sie neben mir.

Tanz mit mir, April, flüstert sie mir zu.

Jacob beginnt zu spielen, und Mum umarmt mich, und dann zieht sie mich langsam, ganz langsam nach oben. Sie hält meine Hand, während ich mich auf die Zehenspitzen stelle, sie ergreift meinen linken Fuß, ganz leicht und zärtlich, und führt ihn nach oben. Wir tanzen gemeinsam, sie dreht mich und wirbelt mich herum und trägt mich bei meinen Sprüngen. Sie ist in mir. Ich bin in ihr.

Sie führt mich in das Fouetté en tournant, ich mache acht, neun, zehn, elf, zwölf Drehungen, bevor ich ins Piqué gehe. Meine Mutter gibt mir die Kraft.

Nun verstummt die Musik. Mum streicht über meine Wangen. Geh nicht, denke ich, aber sie ist schon verschwunden.

Ich schaue nicht zur Jury, ich sehe Grandma an, deren Gesicht tränenüberströmt ist. Grandpa hält ihre Hand.

Amanda beginnt, wie verrückt zu applaudieren. Und Shasa, Wylie, Raoul, Grandpa und Grandma fangen ebenfalls an zu klatschen. Wylie trampelt sogar mit den Füßen.

»Du hast ja einen richtigen Fanclub mitgebracht«, sagt Mr de Waal säuerlich, als alle sich wieder beruhigt haben.

Mrs Turner lächelt. »Dann kommen wir jetzt zum ernsten Teil«, erklärt sie. »Ich bitte alle, den Saal zu verlassen, während sich die Jury berät.«

»Wegen mir muss keiner raus«, sagt Mr de Waal. »Ich hab meine Entscheidung schon getroffen.«

Die Direktorin hebt verwundert die Augenbrauen. »Das ist … unüblich.«

»Wenn Sie möchten, können Sie sich ja beraten«, sagt Mr de Waal, »aber für mich hat April bestanden.«

»Für mich auch«, sagt Mrs Renoir sofort.

»Mr Moriarty?«, fragt Mrs Turner.

Caspar nickt und lächelt mich dabei an.

»Dann ist die Sache klar.« Mrs Turner nimmt ihre Brille ab und wischt sich über die Augen. »Willkommen an der Royal Ballet School, April O'Neill.«

Einer der Stühle knallt mit der Lehne gegen die Wand. Amanda ist aufgesprungen. »Hipp, hipp, hurra!«, schreit sie.

Grandma ist die Erste, die mir gratuliert.

Sie drückt mich ganz fest an sich, und dann fangen wir beide an zu weinen.

»Mum war da, als ich getanzt habe«, flüstere ich ihr zu.

»Ich weiß«, wispert sie zurück.

Danach gratuliert mir Caspar.

»Glückwunsch.« Er umarmt mich ebenfalls, sein Bart kratzt an meiner nassen Wange, und meine Knie werden prompt so weich, dass ich ein bisschen schwanke, als er mich wieder loslässt. »Das hast du super gemacht. Alle Achtung.«

»Raoul hat mir geholfen«, sage ich.

»Das hab ich mir gedacht.« Caspar nickt Raoul zu, der neben der Tür an der Wand lehnt und ein Gesicht macht, als wäre er im Wartezimmer beim Zahnarzt. »Die Choreografie kam mir bekannt vor.« Er betrachtet mich nachdenklich. »Ihr seid ein gutes Team.«

Ich werde knallrot, was Caspar zum Glück nicht mehr sieht, weil Mrs Turner mir jetzt gratulieren will. Mr de Waal hat sich schon verzogen, Glückwünsche sind nicht sein Ding. Aber nach der Direktorin tritt Mrs Renoir zu mir und reicht mir die Hand.

»Eine tolle Leistung, April.«

»Danke, dass Sie mich gerettet haben«, sage ich leise.

Sie nickt ernst. »Ich muss mich bei dir entschuldigen. Ich war *abominable* – abscheulich. Es tut mir sehr leid.«

»Ist doch okay«, sage ich verlegen.

»*Non.*« Sie schüttelt den Kopf. »Es ist unakzeptabel. Ich habe mich entschlossen, meine Stelle an der Schule zu kündigen.«

»Was?«, frage ich erschrocken. »Aber das geht nicht! Alle finden, dass Sie eine tolle Lehrerin sind. Wirklich!«

»Für dich war ich es nicht.« Sie zuckt mit den Schultern. »Mir ist durch die Sache erst klar geworden, wie verkorkst mein Leben ist. Ich muss es endlich in Ordnung bringen.« Sie haucht mir einen Kuss auf die Wange. »Alles Gute, April. Ich werde dich im Auge behalten.« Und dann lächelt sie mich zum ersten Mal an.

Als Mrs Renoir gegangen ist, sehe ich mich nach Raoul um, aber er ist nicht mehr da. Ich renne in den Flur und erwische ihn gerade noch im Treppenhaus.

»Nicht weggehen«, keuche ich.

»Hey.« Er dreht sich zu mir um. »Ich muss los. Und du warst so beschäftigt, ich wollte nicht stören.«

»Jetzt habe ich Zeit«, sage ich.

»Herzlichen Glückwunsch, April. Du hast toll getanzt. Besser als je zuvor.«

»Danke, Raoul. Für alles.« Ich stehe jetzt genau vor ihm. »Meine Großeltern laden uns zum Essen ein. Kommst du auch mit?«

Er schüttelt den Kopf, genau wie ich es erwartet habe. »Wir sehen uns, April.« Er hebt die Hand und legt sie ganz sanft auf meine Wange. Ich sehe ihn an, und er sieht mich an, und ich möchte, dass die Zeit stehen bleibt, aber das tut sie natürlich nicht. Raoul lässt seine Hand wieder sinken. Ich schaue ihm nach, wie er die Treppen runtergeht, mit kraftvollen, federnden Schritten.

Wir sehen uns.

Ich kann es kaum erwarten.

Und wie der Tanz weitergeht?
Hier eine Leseprobe vom zweiten Band

Gina Mayer

Ballet School

DER SCHWARZE SCHWAN

2

…

Die Unterrichtsräume im Seitentrakt der White Lodge sind hell und modern. Wir haben gerade unsere Plätze eingenommen, als Mrs Doright ins Zimmer kommt. Unserer Klassenlehrerin sieht man auf den ersten Blick an, dass sie keine Tänzerin ist, sie ist nämlich ziemlich füllig und nicht besonders gelenkig.

Hinter ihr betritt Mrs Turner den Raum. Sie ist die Direktorin der Junior School, eine hochgewachsene Frau mit dunklen Haaren, die an einigen Stellen von grauen Strähnen durchzogen sind.

Shasa und ich wechseln einen überraschten Blick. Was will Mrs Turner denn hier?

Mrs Doright begrüßt uns kurz, dann lehnt sie sich mit verschränkten Armen ans Fensterbrett. Mrs Turner tritt neben das Pult.

»Guten Morgen zusammen«, sagt sie fröhlich. »Ich will nicht lange stören, aber ich habe gerade so eine tolle Nachricht bekommen, die muss ich jetzt einfach loswerden. Ich hoffe, ihr seid auch so begeistert wie ich.«

Wieder sehe ich Shasa an, die ratlos ihre Mundwinkel nach unten zieht.

»Luna Avens kommt als Lehrerin an unsere Schule!«, verkündet Mrs Turner.

Ein ungläubiges Gemurmel erhebt sich im Klassenzimmer.

»Das gibt's doch nicht«, sagt Shasa.

Luna Avens. Diesen Namen kennen offensichtlich alle, auch ich hab ihn schon oft gehört, aber ich weiß nicht mehr, wann und wo. In Situationen wie dieser wird mir bewusst, dass ich immer noch eine Außenseiterin in der Ballettwelt bin. In den letzten zwei Jahren habe ich mir unzählige Inszenierungen im Internet angesehen und war auch schon einige Male live im Ballett. Aber meine Klassenkameraden kennen sich einfach viel besser aus, wenn es um angesagte Stücke, Choreografen und Tänzerinnen geht.

»New York City Ballet«, murmelt Shasa mir zu, der mein Stirnrunzeln offenbar nicht entgangen ist.

Natürlich. Luna Avens ist Principal Dancer bei der renommierten New Yorker Ballett-Compagnie. Erst vor ein paar Monaten wurde sie mit dem Titel *Tänzerin des Jahres* ausgezeichnet.

Mrs Turner hebt ihre Hand und sorgt damit für Ruhe. »Mrs Avens ist gerade in London und kuriert eine Verletzung aus«, fährt sie fort. »In dieser Zeit kann sie nicht auftreten und darf nur mäßig trainieren. Deshalb konnten wir sie dafür gewinnen, dass sie für eine gewisse Zeit als Gastdozentin bei uns einspringt. Eigentlich war sie nur für die Upper School vorgesehen, aber Mrs Avens hat sich ausdrücklich gewünscht, mit einer Nachwuchsklasse zu arbeiten. Und ihr seid die Glücklichen, die dafür ausgewählt wurden. Mrs Avens übernimmt ab nächster Woche die Fächer Spitzentanz und Pas de deux.«

»Wow«, sagt Zara, die an unserem Nachbartisch sitzt. »Das ist ja unfassbar.«

»Du sagst es.« Mrs Turner rückt ihre kantige dunkle Brille zurecht. »Ich hoffe, ihr macht der Schule alle Ehre.«

»Da müssen wir April ja richtig dankbar sein, dass sie Mrs Renoir rausgeekelt hat.« Dieser Kommentar kommt vom Tisch hinter uns, und weil es inzwischen wieder ziemlich laut im Klassenzimmer ist, dringt er nicht bis zu Mrs Turner durch.

Shasa dreht sich so schnell um, dass ihre wilden schwarzen Locken fliegen. Sie wirft Heidi einen finsteren Blick zu, von der die Bemerkung kam.

Ich selbst tue so, als hätte ich nichts gehört. Heidi hat ja recht. Wenn ich nicht gewesen wäre, hätte Mrs Renoir die Schule nicht verlassen. Sie war mit Abstand die beliebteste Lehrerin hier, Heidi ist bestimmt nicht die Einzige, die sauer auf mich ist.

»So, das war's auch schon.« Mrs Turner nickt uns freundlich zu. »Jetzt will ich euch nicht länger aufhalten und wünsche euch noch einen guten Englischunterricht.«

Während sie zur Tür geht, tritt Mrs Doright neben das Pult. Sie holt ein paar Unterlagen aus ihrer Tasche, legt sie auf den Tisch und will gerade mit dem Unterricht beginnen, als Mrs Turner noch einmal stehen bleibt.

»Ach, fast hätte ich es vergessen«, sagt sie. »Entschuldigung, Janet, aber ich hab noch was.«

3

Mrs Doright lächelt, aber man sieht ihr deutlich an, dass sie genervt ist. Sie nimmt ihren Beruf nämlich genauso ernst wie die anderen Lehrer, und nächste Woche steht eine Englischarbeit an.

»Caspar Moriarty hat leider Bescheid gegeben, dass er den Workshop verschieben muss, der für Mittwoch und Donnerstag geplant war.«

»O nein!«, ruft Shasa.

Caspar unterrichtet Contemporary Dance und ist Shasas und mein absoluter Lieblingslehrer. Ich verdanke ihm alles – ich wurde nämlich nur seinetwegen in der Royal Ballet School angenommen. Caspar sitzt im Auswahlkomitee der Schule und hat bei der Audition eine Art Wildcard – das heißt, er kann sich eine Schülerin oder einen Schüler aussuchen. Und wundersamerweise hat er sich bei der letzten Aufnahmeprüfung für mich entschieden.

Das ist allerdings nicht der einzige Grund, warum ich ihn so toll finde. Caspar ist ein Wahnsinns-Choreograf, seine ungewöhnlichen Inszenierungen werden in der ganzen Welt gefeiert. Und er ist ein geduldiger und einfühlsamer Lehrer.

Also – wenn er mal Zeit für uns hat.

Denn Caspar unterrichtet nicht im Rahmen des Stundenplans, seine Stunden werden gebündelt, sodass wir immer mal wieder mehrere Tage in Folge bei ihm haben. Er hat schließlich auch noch seine Compagnie, um die er sich kümmern muss.

Für nächste Woche war eigentlich ein zweitägiger Workshop bei ihm geplant. Shasa und ich haben schon damit begonnen, die Tage zu zählen, bis es endlich so weit ist – und nun soll das Ganze ausfallen. So ein Mist.

»Mr Moriarty bietet an, den Workshop aufs Wochenende zu verschieben«, sagt Mrs Turner. »Ihm ist natürlich klar, dass viele von euch samstags zu ihren Eltern fahren wollen. Aber er ist im Moment beruflich so eingespannt, dass sich kein anderer Termin finden ließ.« Die Direktorin schiebt ihre Brille mit dem Zeigefinger nach oben. »Weil der Workshop außerhalb der offiziellen Unterrichtszeit stattfindet, ist die Teilnahme freiwillig. Wer möchte, macht mit, aber ihr könnt natürlich auch nach Hause fahren.«

Jetzt wird es wieder laut im Klassenzimmer, weil alle durcheinander reden. Das mit der Freiwilligkeit ist ein Witz, das ist allen klar. Viele Dinge, die in der Schulordnung nicht vorgeschrieben sind, werden trotzdem von uns Schülern erwartet. Aber in diesem Fall ist mir das egal. Ich würde auch mitmachen, wenn ich für den Workshop eine Reise auf die Malediven absagen müsste.

Shasa hebt die Hand.

»Shasa?« Mrs Turner runzelt unwillig die Stirn. »Der Rest ist bitte mal still.« Sie nickt Shasa zu. »Also?«

»Ich bin dabei.«

»Ich auch!«, rufe ich.

Die Direktorin lächelt. »Ihr habt bis Montag Zeit, euch zu entscheiden. Meldet euch per E-Mail bei Mr Moriarty. So, das war's jetzt aber wirklich. Danke, Janet.«

…

4

Am Dienstagmorgen haben wir unsere erste Stunde bei Mrs Avens. Es ist Spitzentanz, da sind die Jungen natürlich nicht dabei. Wir haben das Fach gemeinsam mit den Mädchen aus unserer Parallelklasse.

Mrs Avens erwartet uns bereits in einem der kleinen Übungsräume im Erdgeschoss. Der Saal ist an drei Wänden mit Spiegeln versehen, an denen sich Ballettstangen entlangziehen. Die vierte Wand besteht aus Fenstern.

Heute ist der erste Dezember, und mit dem neuen Monat ist auch das Schmuddelwetter der letzten Wochen verschwunden. Im Park sind Gras und welke Stauden über Nacht mit einer feinen Eisschicht überzogen, die glitzert wie Zuckerguss.

Die Sonne scheint durch die kahlen Baumkronen in den Saal und bringt Mrs Avens goldblonden Haare zum Leuchten. Der Dutt, zu dem sie sie zusammengebunden hat, sieht aus wie eine Krone.

Sie steht ganz aufrecht in der Mitte des Raums und ist überraschend klein.

Leseprobe Band 2

Ich habe mir in den letzten Tagen im Internet alle möglichen Videos von Luna Avens angesehen. Es gibt nicht nur viele tolle Mitschnitte von ihren Ballettauftritten, sondern auch einige Interviews und eine dreiteilige Netflix-Doku. Ein Filmteam hat die Primaballerina vor zwei Jahren auf ihrer Tournee durch Japan begleitet – wo Balletttänzer umjubelt werden wie hier in England die Popstars.

Luna Avens kam in der Doku supersympathisch und gleichzeitig megaprofessionell rüber. In Wirklichkeit ist sie noch viel beeindruckender als auf dem Bildschirm, stelle ich fest, während ich nähertrete. Sie hat unglaublich lange Beine, und ihre Haut ist so zart und glatt wie die einer Zwölfjährigen, dabei ist sie schon Mitte dreißig.

Ihr Gesicht ist ungewöhnlich, alles darin wirkt irgendwie übertrieben. Die Nase ist groß und ein bisschen schief. Ihr Mund ist sehr breit, die Lippen voll. Aber das Auffälligste sind Mrs Avens Augen. Sie sind dunkelbraun, fast schwarz – das passt überhaupt nicht zu ihrem blonden Haar und wirkt gerade deswegen so interessant.

Inzwischen sind alle Mädchen im Raum. Wir haben unsere übliche Montur an: Stulpen, dicke Pullis, Pulswärmer, Schals. Die Spitzenschuhe halten wir in den Händen, das Warm-up wird immer in Schläppchen gemacht.

»Hi«, sagt Mrs Avens und grinst uns an, als wäre sie kein Weltstar, sondern eine neue Schülerin. »Ich bin Luna Avens.«

»Wissen wir«, sagt Yue und wird gleich darauf knallrot. »Ich meine natürlich«, beginnt sie zu stammeln, »wir kennen Sie alle.«

Mrs Avens Lächeln wird noch breiter. Sie hat ziemlich große Schneidezähne, wie Pippi Langstrumpf. »Das ist doch super. Dann muss nur noch ich euch kennenlernen, und wir können loslegen.« Mrs Avens hat einen ziemlich starken amerikanischen Akzent, das ist mir schon in der Doku aufgefallen. Sie lässt sich geschmeidig in den Schneidersitz sinken, wobei ihre Knie fast den Boden berühren. »Setzt euch mal.« Ihre schmalen, langen Hände weisen auf den Boden.

Als wir im Halbkreis um sie herumgruppiert sitzen, ruft Mrs Avens erst mal alle unsere Namen auf und hakt sie auf ihrer Liste ab.

»Wunderbar«, sagt sie dann. »Ich hab noch nie unterrichtet und bin vermutlich eine fürchterliche Lehrerin.«

Wir lachen alle, aber diesmal bleibt Mrs Avens ernst.

»Ich bin berühmt und ziemlich erfolgreich, das ist klar. Und ich tanze auch schon sehr lang. Aber das macht mich nicht automatisch zu einer guten Lehrerin. Jeder einzelne Trainer hier an der Schule hat mehr Routine im Unterrichten als ich. Was ich euch jedoch mitgeben kann und will, sind meine Erfahrungen. Technik und Ausdruck sind eine Sache, als Tänzerinnen braucht ihr jedoch auch mentale Stärke, Selbstbewusstsein, Durchsetzungsvermögen. Ihr müsst euch selbst motivieren können und andere von euch überzeugen.« Sie lacht ihr Pippi-Langstrumpf-Lachen. »Aber keine Angst, das wird hier kein Selbstfindungstrip – wir werden vor allem tanzen. Alles so weit klar?«

Begeistertes Nicken in der Runde.

»Na, dann will ich mal sehen, was ihr so draufhabt.«

Leseprobe Band 2

Mrs Avens erhebt sich genauso geschmeidig und elegant, wie sie sich gerade hingesetzt hatte. Sie schiebt sich aus dem Schneidersitz senkrecht in die Höhe, natürlich ohne sich dabei auf dem Boden abzustützen.

Ich versuche, genauso aufzustehen, kippe nach vorn und wäre umgefallen, wenn ich mich nicht im letzten Moment an Shasa festgehalten hätte.

»Hoppla.« Mrs Avens lacht, und ich spüre, wie mir das Blut ins Gesicht schießt. Zum Glück hat sie sich schon wieder abgewandt. »So, Ladies!« Sie klatscht in die Hände. »An die Stangen. Wir beginnen mit einem leichten Warm-up.«

…

Auch als Hörbuch erhältlich!

Gina Mayer
Ballet School – Der Tanz deines Lebens
Gelesen von Sascha Icks
1 mp3-CD, Laufzeit ca. 240 Minuten
ISBN 978-3-8398-4278-2
Erscheinungsdatum 23.02.2022

Tanzen gegen alle Widerstände

April wollte nie etwas mit Ballett zu tun haben. Aber was ist, wenn sich trotz gegenteiliger Absichten die Ballettleidenschaft plötzlich Bahn bricht?

Gelesen von Sascha Icks, die mit ihrer leicht herben, gefühlvollen Stimme und der Leichtigkeit ihrer Interpretation durch das Hörbuch tanzen lässt.

argon hörbuch